Samantha Bailly

CE QUI NOUS LIE

Milady Grande Romance

Milady est un label des éditions Bragelonne

ISBN : 978-2-8112-1030-4

Bragelonne – Milady
60-62, rue d'Hauteville – 75010 Paris

E-mail : info@milady.fr
Site Internet : www.milady.fr

À So, pour ce qui tisse nos trames jumelles.
À J., parce que tu avais raison :
ce fut l'appartement des Gobelins.

Remerciements

Merci à Stéphane d'avoir offert à ce roman et à moi-même une place où l'on se sent si bien.

Merci aux premiers lecteurs de *Ce qui nous lie*, à l'enthousiasme contagieux : Mathilde, Morgane, Manon, Ludmila, Sonia, Jean-Manuel, Laura, Joanne, Stéphanie, Clémence, Perrine, Silène et Axel.

« Ce qui a été refusé dans l'ordre symbolique
resurgit dans le réel. »

Jacques Lacan,
Le Séminaire, livre III, *Les Psychoses*, 1955-1956.

Chapitre premier

Étoile filante

Présent
13 décembre 2011

CASSURE. TOUT EN MORCEAUX.

C'est ce qui se produira lorsqu'elle recevra cette lettre. Y aura-t-il un silence choqué ? Des cris ? Des larmes ? Je l'ignore. Je ne suis jamais là pour le voir. Mes doigts glissent le long de la photo. Décidément, le roux ne me va pas. Et ce rouge à lèvres carmin… D'une vulgarité… Mais il faut toujours souligner la bouche. Très important pour le cliché.

La photo disparaît dans l'enveloppe blanche. Neutre, et pourtant porteuse de douleur. Languette tirée. Papier scellé. Un peu de salive, puis le timbre trouve sa place en haut à droite. Je note l'adresse avec application. Le cadeau est prêt à être envoyé. Joyeux Noël, Iris. Je sais que tu devais le passer avec David, dans ta famille à Angers. Que tout le monde allait se réjouir de vos fiançailles. J'ai lu vos derniers échanges d'e-mails. Je comprends que tu aies succombé à son charme, tu sais. C'est un homme séduisant. Grand, le visage parsemé de délicieuses taches de rousseur lui donnant un air espiègle. Et, surtout, je sais combien c'est important pour toi, une belle situation. Cependant, Iris, ma pauvre Iris, il faut faire preuve d'un peu de bon sens ! Ses excuses étaient complètement incohérentes. C'était décousu. Ça manquait cruellement de subtilité. J'imagine que tu refusais de voir, alors je t'aide un peu. Là, il n'y a pas de place pour le doute. C'est la vérité, entière, cruelle.

La lettre repose à présent sur ma table de chevet. Elle disparaîtra demain dans la fente de la boîte jaune en bas de l'immeuble.

Une de plus.

Les premières fois, j'étais submergée par un sentiment de triomphe. À présent, je ressens à peine une pointe de satisfaction. Plutôt une sorte de soulagement. Il faut dire que le moment de la révélation n'est pas le plus excitant. Cette rupture, c'est aussi un peu la mienne. Du jour au lendemain, je vais disparaître de l'existence de David. J'ai déjà supprimé l'adresse e-mail dont je me servais pour correspondre avec lui. Ses appels seront filtrés. Et, évidemment, il n'a aucune idée de mon véritable prénom. Pour lui, j'étais celle que je suis pour beaucoup d'autres : Laura.

En cette soirée du 13 décembre, je me félicite d'avoir accompli ma mission. Encore une femme qui trouvera la vérité. La dix-septième, pour être exacte. Les mensonges enfouis durant des années vont jaillir, terribles, tranchants. Eux seuls sont capables de couper les liens.

Depuis plus d'un an, voilà ce que je fais de ma vie. Voilà qui je suis. Une déterreuse de tromperies. Je plonge les mains dans les secrets pour les tirer à la lumière du jour. Et, pour cela, je dois en devenir un à mon tour. Mes cheveux sont passés par toutes les couleurs de l'arc-en-ciel. Une façon radicale de devenir quelqu'un d'autre chaque fois et de ne pas me faire repérer. Je dois être une étoile filante. Les éblouir, mais une fraction de seconde seulement, puis tout redevient noir. Ils se demandent s'ils n'ont pas rêvé, s'ils m'ont bien vue. C'est simple. Il suffit de ne pas s'attacher. Je ne fais que mon travail : les séduire, rire, leur faire miroiter des choses. Cela peut durer une soirée comme plusieurs semaines. L'essentiel étant de bien choisir le moment pour obtenir la preuve. La photographie. Celle que j'enverrai à leur petite amie, maîtresse ou épouse. Un baiser peut suffire. D'autres fois, il faut aller plus loin. Tout dépend de l'homme. Chaque situation est unique. Pourtant, c'est toujours la même histoire.

Après un long soupir, j'affronte mon reflet dans le miroir au-dessus de la cheminée. Voilà mes cheveux redevenus d'un noir corbeau, ce qui fait ressortir le bleu de mes yeux. Ces yeux hérités de ma grand-mère, si clairs. Tout est dans le contraste.

Je garderai ma couleur naturelle un moment. Maintenant, je ne peux plus m'amuser. Je me suis oubliée de longues nuits durant, emportée dans le tourbillon de l'euphorie parisienne. Mon héritage a fondu comme neige au soleil. Un jour, j'ai osé regarder l'état de mon compte en banque. Il avait perdu bien des zéros. L'argent que mes grands-parents avaient durement gagné à la sueur de leur front, mon legs. Tout ce qui me reste en ce bas monde, c'est ce studio qui est dans la famille depuis deux générations. Mon chez-moi, mon cocon protecteur.

Un havre de paix minuscule. Dix-huit mètres carrés. À Paris, chaque mètre carré est précieux. Mais, aussi exigu que soit cet endroit, je ne pourrais pas me sentir mieux ailleurs. La mezzanine confère à l'ensemble un caractère chaleureux. J'y dors sur un matelas, avec vue sur le ciel à travers le Velux. Dommage qu'il y ait si peu d'étoiles à Paris. Les lumières de la ville éclipsent celles des astres. La fenêtre du rez-de-chaussée, elle, donne sur une petite cour pavée dans laquelle un jardin a été aménagé. Un luxe. C'est un retraité de l'immeuble voisin qui s'en occupe, M. Levin. Le matin, le chant des oiseaux est un fond sonore qui me donne l'impression d'être à la campagne. Bien sûr, tout cela n'est qu'une douce illusion, un fragment de nature perdu dans la gigantesque prison de béton et d'acier qu'est la capitale.

Je ne ramène jamais mes victimes chez moi. Je prétends toujours habiter à Porte des Lilas. Un mensonge devenu automatique. Il n'y a jamais eu et n'y aura jamais d'exception. Cet endroit est mon refuge.

Vingt-quatre ans et déjà propriétaire. Vingt-quatre ans et à mille lieues de la vie active. Pourtant, il va bien falloir y retourner. L'idée me terrifie. Retrouver un quotidien banal, rythmé par le bip sonore du réveil, la foule agglutinée dans le métro, le sourire de façade au bureau, puis le retour à travers les souterrains lugubres de Paris. Des jours qui défilent à une allure folle et se ressemblent tous. Voilà ce qui m'attend, je le sais très bien.

Il y a de cela un mois, j'ai envoyé ma candidature pour un poste de chargée des ressources humaines. Il était impossible de justifier cette année envolée, sans aucune activité. Un mensonge d'une ligne s'est donc glissé dans mon CV. J'ai demandé à Timothée, mon ex-petit ami, de dire que j'avais été sous sa responsabilité si quelqu'un demandait confirmation. Il m'a accordé cette faveur immédiatement, trop heureux que je lui adresse de nouveau la parole. Demain, j'aurai donc pour mission de recruter des gens. De les juger aptes ou non à être sélectionnés par Linker. Il faudra être sympathique, mais pas davantage. Ne pas les laisser trop me parler, ne pas leur donner de prise sur moi. C'est la principale qualité du RH : accessible sans l'être. Ma spécialité, en fait. Cela ne devrait pas être trop difficile. Du moins, je l'espère. Ce sera un nouvel environnement, de nouvelles problématiques…

J'ignore ce qu'il adviendra de ma mission dans tout cela. Ma quête de vérité. Ma manie de piéger les hommes pour les dénoncer plus tard. J'imagine qu'il faut accepter le changement. Savoir se laisser porter. Ne pas calculer.

Sur ces pensées, je gravis les marches jusqu'à la mezzanine et me laisse tomber sur le matelas. Au-dessus de moi, le ciel est d'un gris terne, même pas vraiment noir.

***

Chemisier blanc impeccable. Hésitation. Pantalon ? Jupe ? Pantalon. Ne pas dévoiler ses jambes dès le premier jour. Un peu de rouge sur les lèvres, du noir pour donner un bel écrin à mes yeux. Cheveux noués, mais quelques mèches qui s'en échappent pour éviter une allure trop stricte. Voilà. Je suis prête. Mon regard se tourne vers la porte blanche de mon appartement, celle qui me sépare de l'extérieur. Ce monde nouveau pour moi depuis plus d'un an, mais que j'ai appris à apprivoiser. Après une profonde inspiration, je boutonne mon manteau, enroule mon écharpe et quitte mon refuge.

La lourde porte vert d'eau se referme sur la petite cour ensoleillée. Qu'il est étrange de retrouver une vie normale, de tirer un trait sur mes activités nocturnes. Je poste ma lettre à destination d'une femme trahie. La dernière ?

Après quelques minutes de marche, la station de métro apparaît. Je m'arrête net.

Suis-je prête ?

Oui. Il faut le faire.

Je descends les marches et calque mon pas sur celui des milliers de gens qui affluent dans les couloirs du métro, regardant droit devant eux, des écouteurs dans les oreilles ou un téléphone portable à la main. Les gens à Paris sont seuls, bien plus que dans les autres villes. Difficile d'expliquer pourquoi. En particulier dans les transports en commun, où tous se croisent sans se voir, tant de vies parallèles qui ne se rencontrent jamais. Malgré tout, les couloirs gris m'apparaissent comme le reste du monde lorsqu'il y a des êtres humains. Comme une toile. Un réseau de fils lumineux. Des lignes en mouvement.

Oui, je sais ce que vous pensez : quelle métaphore torturée ! Eh bien, cette toile n'a rien d'une figure de style, il s'agit bel et bien de ce qui est présent dans ma vie, de ce que je vois, littéralement.

Les relations humaines n'ont pas de secret pour moi ; elles m'apparaissent.

C'est mon don.

Ou ma malédiction.

Deux minutes d'attente. Je m'assieds sur un siège en plastique d'un orange tapageur. Les gens sur le quai patientent devant les portes vitrées de la ligne 1. Le métro arrive, et ils se précipitent dans l'espoir de trouver une place assise.

Des fils. Toujours des fils. D'un blanc étincelant, au diamètre variable. Ils partent en tous sens. Ils vont loin, je ne sais où, traversent les cloisons de la rame.

Il m'a fallu du temps, mais j'ai fini par comprendre qu'il y avait une logique dans ce que je percevais. Je ne peux pas discerner l'ensemble des attaches d'une personne. Seulement celles qui correspondent à son entourage physiquement proche. Certains liens sont visibles, même quand la personne qui se trouve à l'autre bout est loin – dans une autre ville, un autre pays…

J'ai appelé cela « la formule ».

La distance divisée par la puissance égale le lien.

Si deux personnes sont étroitement liées, je perçois le fil qui les unit, et ce malgré la distance. En revanche, s'il s'agit de deux connaissances qui discutent rapidement, même si elles ont une certaine proximité physique, le lien sera ténu et se brisera dès qu'elles s'éloigneront.

Au fil des mois, je me suis habituée à cette vision hors normes. Il est sidérant de constater à quel point on peut s'accommoder des choses les plus incongrues. Cette incroyable faculté de s'habituer à tout, pour peu que cela devienne un ronronnement rassurant. J'ai toujours du mal à réaliser que je suis la seule capable de percevoir les rapports entre les gens. Ce don étrange s'en ira peut-être comme il est venu. Je le souhaite autant que je le redoute. C'est un secret que je porte. Il m'est impossible d'en parler à qui que ce soit, excepté Jonathan, mon ami d'enfance. C'est lui qui m'a interdit de divulguer cette information. Qui pourrait me croire, de toute façon ? Depuis que cette aptitude est apparue, je me contente de vivre selon la maxime : « Pour vivre heureux, vivons cachés. » Je me sens en marge de tout. Une observatrice muette. Je regarde les relations se faire et se défaire à une vitesse vertigineuse. Toutes ces oscillations me sont visibles pour peu que je m'y intéresse. Pas de faux-semblants. Juste l'humain dans tout ce qu'il a de plus complexe, parfois avide de s'attacher à ses semblables, parfois sur la défensive. Il y a tant de comportements relationnels différents, tant de réactions… Ce n'est pas l'accès à la pensée de l'autre, mais à ce qui se déroule lorsque deux êtres se rencontrent, lorsqu'ils entrent en communication d'une façon ou d'une autre. Spectatrice de ces mutations, je reste pourtant murée dans le silence. Un silence qui me tue. Toujours savoir, mais ne rien pouvoir dire.

Cependant, sans cette toile incroyable, je serais perdue.

Pour donner du sens à ce qui m'arrive, j'ai décidé de mettre mon don au service d'une cause. C'est ainsi que je suis devenue spécialiste dans la chasse aux imposteurs. Ces hommes menant une double vie, aux liens multiples et puissants, qui mentent comme ils respirent. Il y a d'ailleurs un très beau spécimen dans le métro, en face de moi. Il me décoche un sourire charmeur au-dessus de son *Direct Matin*. De nombreux fils épais sortent de sa poitrine. Certains d'entre eux sont probablement reliés à des membres de sa famille, mais pas tous, j'en suis persuadée…

Je baisse la tête. Plus le temps pour ça. Une voix de synthèse annonce le nom de ma station d'un ton enjoué. Après une rapide consultation du plan, je prends la bonne sortie. Il me faut dix minutes pour arriver à destination, au pied des locaux qui m'abriteront dorénavant dix heures par jour. Les portes vitrées s'ouvrent sur une petite salle au carrelage noir et blanc. Deux ficus cernent de part et d'autre un long comptoir, derrière lequel une jeune femme blonde me gratifie d'un sourire encourageant. Une frange barre son front, lui donnant un air sophistiqué.

— Que puis-je faire pour vous ?

— J'ai rendez-vous à 10 heures avec M. Noiral.

Son visage anguleux se fait rayonnant.

— Oh, vous devez être mademoiselle Duval.

— C'est moi-même, enchantée.

Elle se lève alors de sa chaise et je réalise à quel point elle est grande. Je serre sa main aux ongles vernis.

— Je suis Sonia, je m'occupe de l'accueil et du secrétariat. Bienvenue à Linker.

— Merci beaucoup.

— Une petite seconde.

Elle décroche son téléphone et compose un numéro. Drôle de fille. Il n'y a que deux liens épais qui partent de son plexus solaire. Jamais je n'aurais pensé que c'était quelqu'un de… seul.

— Oui, Raphaël… Mlle Duval est arrivée. Oui. Bien. Bonne journée à toi aussi.

— Je suis peut-être en avance, osé-je.

— Non, pas du tout, il va vous recevoir immédiatement. Tenez, voici votre badge, il vous permet d'accéder à l'ascenseur ainsi qu'aux salles de réunion.

Je glisse le rectangle de plastique dans mon sac. Les petites mains de Sonia se posent sur le comptoir noir. Elles sont vraiment minuscules par rapport à sa taille.

— Je crois que c'est tout, dit-elle. C'est au deuxième étage.

— Merci beaucoup.

— Je vous en prie. Bonne journée.

Je me recoiffe à la hâte devant le miroir de l'ascenseur. Deuxième étage. Me voilà nez à nez avec un homme. Costard noir, chemise blanche. Teint délicieusement cuivré. Nos regards se croisent. Le bleu rencontre le bleu.

— Oh. Vous devez être Alice. Raphaël Noiral, enchanté.

— De même.

Quelque chose ne va pas.

— Si vous voulez bien, nous allons nous installer dans une salle de réunion.

Oui, quelque chose cloche. Vraiment.

Sentiment de mal-être.

Je lui emboîte le pas. D'où cela peut-il provenir ? Alors que nous entrons dans une petite salle aux murs tapissés d'encadrés, je comprends. La foudre me frappe.

— Asseyez-vous, je vous en prie.

Je m'exécute, mais impossible de me défaire de ma raideur : je me sens terriblement mal à l'aise. Il s'installe en face de moi.

Il n'y a rien.

Je ne vois rien.

Aucun fil.

— Vous désirez boire quelque chose ?

— Non, merci.

Il m'adresse un sourire tout ce qu'il y a de plus chaleureux. Mais cette sympathie ne peut qu'être factice. C'est la première fois que je rencontre un être humain qui n'est lié à rien ni personne.

— Je sais que vous avez passé votre précédent entretien avec Cassandra Bertrand, qui était censée être votre supérieure, mais elle est partie en congé maternité plus rapidement que prévu. J'ai donc été nommé pour la remplacer.

— Très bien.

Confiance. Il m'inspire confiance. Pourquoi ? C'est irrationnel. Quelqu'un n'ayant aucune connexion avec autrui ne peut pas être… humain.

— Cassandra vous a sans doute déjà expliqué tout cela, mais il est important de le rappeler. Linker a pour ambition de se développer davantage en France et à l'international par le biais de croissances externes. Nous comptons également sur la création de nouvelles expertises.

Il récite sa présentation bien huilée, apprise par cœur.

— Nous sommes reconnus dans le recrutement par approche directe. Nous travaillons pour des clients divers, grands groupes internationaux ou acteurs majeurs sur le marché de la banque, de la finance et des assurances. Notre équipe se compose d'une soixantaine de consultants en charge de la relation client et du bon déroulement de la mission, ainsi que d'une vingtaine de chargés de recherche.

Il pose devant moi un organigramme des différents salariés. Son doigt tapote la photographie d'un sexagénaire.

— M. Reuilly est le fondateur et le P-DG de Linker. Avant que les bruits de couloirs s'en chargent à ma place, je préfère vous dire les choses telles qu'elles sont. Je suis fiancé à sa fille.

J'éclate de rire. C'est convulsif. Cet homme va se marier. Se marier. Et il n'a pas le moindre lien visible. Totalement illogique.

Il me dévisage avec étonnement.

— Ça a le mérite d'être clair, dis-je pour me justifier.

— Oui… Mieux vaut être direct dans ce cas de figure. Vous n'êtes pas sans savoir que les rumeurs se répandent très vite dans les entreprises.

— Je sais bien, cela fait maintenant deux ans que je suis dans la vie active.

Quel beau mensonge ! Il hausse un sourcil et me demande, provoquant :

— Ah oui ? Et vous avez déjà été victime de ragots ?

— Je vous demande pardon ?

— Excusez-moi, je plaisantais. L'ambiance est assez détendue entre les employés de Linker. Nous nous tutoyons presque tous, d'ailleurs. Vous ne voyez pas d'inconvénient à cela ?

— Absolument aucun.

— Parfait, parfait…

Il range ses belles feuilles de présentation dans un classeur. Respirer profondément. Calmement. Ne rien laisser paraître de mon trouble. Mon don se serait-il volatilisé ? Et si mes pensées de ce matin avaient… activé quelque chose ? Ce truc m'épuise. Quand je crois avoir assimilé son fonctionnement, sa logique, voilà que tout change. De toute façon, une telle aptitude ne se rapporte à rien de rationnel.

Mon supérieur poursuit ses explications grandiloquentes sur l'entreprise. Écouter patiemment. Avoir l'air le plus intéressé possible, tout en feignant une certaine admiration.

On frappe à la porte.

— Oui ?

Sonia entre.

— Est-ce que je peux vous servir quelque chose ? Un café ? Un thé ?

Parmi les liens déjà visibles de la jeune femme, un autre naît et bondit de sa poitrine. Le fil étincelant se dirige droit vers Raphaël Noiral. Puis s'évanouit.

Incroyable phénomène.

Je me tourne aussitôt vers lui.

— Alice ? s'enquit-il.

— Pardon ?

— Vous désirez quelque chose, alors ?

— Oh, euh… Un thé, ce sera parfait. Merci.

Sonia a un petit hochement de tête et s'éclipse.

— Vous semblez perturbée.

Génial. Il décèle mon trouble.

— Non, tout va bien. C'est simplement beaucoup d'informations à assimiler, mais ne vous en faites pas.

— C'est normal. Nous utilisons ces salles pour les entretiens ou les réunions. Les bureaux se trouvent au bout du couloir. Nous travaillons en open space pour plus d'interactions.

J'aurais préféré avoir mon propre espace. Là, cela signifie que je vais voir des personnes toute la journée, et tout ce que cela implique. Obligation de sourire même les jours noirs.

Devoir de faire la conversation pour être polie. Et, bien sûr, pollution visuelle. À savoir des liens qui se promènent dans tous les sens.

— Des questions ?

— Non, dis-je d'un ton faussement détendu.

Il consulte sa grosse montre en or.

— Je pense que nous en avons fini avec les préliminaires, si vous me pardonnez l'expression, nous allons donc entrer dans le vif du sujet. Je vais vous présenter à votre équipe.

Nous quittons la salle de réunion. Au bout du couloir, une pièce comprenant une dizaine de bureaux. Les doigts pianotent sur les claviers. À mon arrivée, certaines têtes se lèvent, d'autres restent concentrées sur leur écran. Raphaël m'entraîne près d'une petite table ronde au centre.

— Bonjour, je vous demande un petit moment d'attention, s'il vous plaît ! Je vous présente Alice, la nouvelle chargée de recrutement.

Le premier à se lever est un jeune homme. Il aurait pu être séduisant si son nez n'avait pas été aussi grand, sa démarche aussi chaloupée.

— Bonjour, Romain.

— Enchantée.

— Romain vient d'être embauché après un stage de six mois, explique Raphaël. Il travaille avec Shamin. Ce sont les deux membres de l'équipe avec lesquels nous serons amenés à collaborer le plus souvent.

La dénommée Shamin indique d'un petit geste qu'elle doit terminer sa tâche. D'origine asiatique, son visage forme un rond parfait. Ses cheveux d'un noir brillant sont coiffés en un chignon qui lui donne un air autoritaire, accentué par l'eye-liner qui souligne son regard.

Raphaël continue le rituel des présentations. Sourires. Poignées de main. Après quelques minutes, Shamin est disponible.

— Bienvenue dans l'équipe, lance-t-elle froidement.

Passé
22 mai 2010

— Tout ira bien.

— Ah bon ?

— Oui.

— J'ai peur.

— Il n'y a pas de raison d'avoir peur.

— Alors pourquoi j'ai peur ?

J'aimerais pouvoir t'expliquer. T'expliquer que le monde tel que tu le perçois actuellement, si hostile, si inconnu, n'est pas véritable. Que je suis là. Que nous sommes tous là. Pour mettre le plus de lumière possible dans ces ténèbres qui t'entourent.

— J'ai peur.

— Il ne faut pas avoir peur, mamie.

— Si. Je… je ne comprends plus rien.

— Tout ira bien.

— Tu crois ?

— Oui.

— Je vais marcher un peu.

— Marche un peu, mamie.

Elle se lève alors péniblement de sa chaise et avance en traînant des pieds. Au début, je lui disais d'arrêter, car elle se fatiguait. Mais elle m'a expliqué qu'il le fallait. Que marcher l'aidait à réfléchir. À mettre de l'ordre dans sa tête. À ne pas s'endormir… de peur d'être incapable de se réveiller. Une angoisse de la mort qui sourd en elle, un instinct de survie qui la pousse à faire les cent pas dans cette maison, jusqu'à ce que ses jambes se dérobent.

— Quand même, papi est parti depuis longtemps. Il faut qu'il revienne.

Il n'est plus de ce monde depuis plusieurs années. Inutile de te le rappeler. Faire comme si de rien n'était. Le temps est aboli dans ton esprit. Tout semble confus. L'instant que nous venons de partager n'existe plus. Il est englouti dans les limbes de ta mémoire défaillante, de ta mémoire déréglée. Les événements se rompent, n'ont plus de sens, plus de logique. Tu me reconnais, c'est déjà bien. Je sais que, d'ici quelques mois, quelques années peut-être, mon visage te sera inconnu.

— Alice ?

— Oui ?

— Je suis fatiguée.

— Alors arrête de marcher, mamie.

— Non. Il faut continuer.

— Pourquoi ?

— J'ai peur.

Tu vis dans un monde de cauchemar. Un monde où les minutes s'envolent, perdues à jamais. Un monde où chaque geste du quotidien devient source d'interrogation, de doute. J'essaie d'être ton pilier, d'être là pour te rassurer…

C'est comme une musique.

On connaît le couplet, le refrain.

Il faut répéter, encore et encore, avec tous les tons possibles, avec patience. Ne jamais s'énerver. Avoir l'air sûr de soi.

— J'ai peur.

— Tout ira bien.

— Tu crois ?

— Oui.

— J'ai quand même peur.

— Pourquoi tu as peur ?

— C'est… je crois que j'oublie tout.

Instant de lucidité. Éclair fugace. Lumière dans le noir. Elle réalise que quelque chose ne va pas, que tout ne tourne pas rond.

— Tout ira bien.

— Tu crois ?

— Oui.

Tout ira bien. J'y mets le plus de conviction possible. C'est une musique, mais c'est aussi une pièce de théâtre. Les rôles changent souvent. Je suis ta petite-fille, l'instant d'après ta fille. Parfois une femme, parfois l'enfant que j'étais. Tu es tantôt ma mère, ma grand-mère, ma tante. Le texte varie de temps à autre, mais pas si souvent. Garder le sourire, cette expression sereine alors que tout en moi crie. De temps à autre, les larmes jaillissent. Se tourner avec pudeur. Chercher quelque chose à faire. T'épargner ce spectacle. Te regarder avec un air de profonde quiétude.

Ce ne sont que des cellules pourtant, des connexions qui ne s'effectuent plus normalement dans ton cerveau. Ce que nous sommes, ce que nous avons construit tient à si peu de chose. Cette maladie te ronge, prend d'assaut tes neurones, abolit tes souvenirs. Ta vie. Je n'ose plus te demander : « Tu te souviens, mamie ? », car je vois alors tes traits s'affaisser, une lueur de tristesse passer dans ton regard clair.

Il te reste un seul souvenir de nos moments passés ensemble. Si fort sans doute qu'il parvient pour le moment à échapper à la destruction. Celui-ci, je t'en parle assez souvent, parce que je sais qu'il reste là, que c'est ce qui nous unit, les dernières bribes de notre passé commun que tu peux encore voir défiler dans ton esprit obscurci.

— Tu te rappelles, mamie, le jour de ma naissance ?

— Oh, oui ! Tes yeux ! Si bleus !

Et tu t'approches, tu passes tes mains autour de mon visage, tu me fixes avec intensité.

— Tes yeux, si bleus… Tu étais si petite, minuscule.

— C'est moi, c'est toujours moi, mais j'ai grandi.

— Oui, ma petite-fille. Sans toi, je ne sais pas ce que je deviendrais.

— Je suis là.

— Oui. Mais j'ai peur.

— Peur de quoi ?

— Peur de ne plus être là. Peur qu'on soit séparées.

— Nous ne sommes pas séparées. Je suis là, tu vois. Tout ira bien.

— D'accord, d'accord.

Tu reprends ta marche à travers le salon, un peu rassurée. Maintenant, c'est toi qui sembles si petite, voûtée, ta crinière argentée posée sur ton épaule. Tu t'occupais de moi lorsque j'étais enfant, vulnérable. C'est mon tour de te protéger. Je mets toute ma force, toute mon énergie à tenter de dissiper quelques instants les démons de ton univers intérieur. Mais je ne peux que les deviner à ce que tu me dis, à l'épuisement de ton corps. Verras-tu mes enfants ? J'en doute, j'ai à peine vingt-deux ans. Même si tu vis encore une dizaine d'années, tu ne te souviendras plus de qui je suis, tu ne pourras pas identifier le lien qui t'unit à eux.

— J'ai peur.

— N'aie pas peur. Tout ira bien.

— Tu crois ?

— Oui, j'en suis certaine.

— Mais s'il t'arrivait quelque chose ?

— Il ne m'arrivera rien. Regarde, je suis grande !

Tu t'approches du balcon, tes mains parcheminées enserrent la rambarde.

— Quel beau citronnier. Vraiment. Je ne l'avais jamais vu.

C'est toi qui l'as planté, pourtant. Mais tu sais reconnaître les belles choses, c'est l'essentiel. Dans quelques instants, tu auras déjà oublié que tu l'as vu, et tu t'étonneras encore de sa taille, de ses branches qui ploient sous les fruits d'un jaune vif. C'est ainsi depuis plusieurs jours, et je m'émerveille avec toi chaque fois.

J'ai l'impression de voir chacun des petits moments passés ensemble s'imprimer sur ta rétine pour s'enfuir aussitôt je ne sais où. Afin d'apaiser ma douleur, j'imagine qu'il existe un endroit, quelque part, sur Terre ou dans les étoiles, où ces images de ta vie s'envolent et se réfugient pour éviter la destruction définitive. Mais, au cas où ce serait une pure invention, je les garde contre mon cœur, ces morceaux de ta vie, je les serre avec force.

Chapitre 2

Citron

Présent
14 décembre 2011

Se retrouver du jour au lendemain capable de voir l'invisible n'est pas chose aisée. Surtout lorsque l'on n'y a jamais cru. Honnêtement, je ne comprends toujours pas pourquoi cela m'est tombé dessus. Je n'ai jamais été attirée par le surnaturel. En revanche, j'ai, comme tout le monde, croisé des personnes aux pratiques, disons, spirituelles, pour ne pas employer le terme de mystiques.

L'une de mes amies de lycée, Sarah, était persuadée de pouvoir lire l'avenir dans son jeu de tarot. Elle me parlait de destinée, de forces qui nous dépassent. Je l'écoutais sans commenter, moqueuse. Cet intérêt avait rapidement viré à l'obsession. Chaque fois qu'il lui fallait prendre une grande décision – c'est-à-dire parler avec tel beau garçon à la récréation –, elle interrogeait ses très chères cartes. Bien sûr, les lames avaient réponse à tout. Il n'était pas difficile de mettre en rapport le symbole tiré avec la situation. Nos routes se sont séparées après le bac. Si je la revoyais aujourd'hui, elle aurait sûrement beaucoup à dire sur ce qui m'est arrivé.

Sarah n'est pas ma seule connaissance à avoir versé dans l'ésotérisme. Il y a quelques années, j'ai eu une histoire avec Louis, un jeune homme qui me paraissait tout ce qu'il y a de plus classique… jusqu'à ce qu'il m'explique qu'il pratiquait la méditation très sérieusement. Louis croyait au Prana, l'énergie qui régit le monde. Il m'a fortement incitée à « nettoyer mes Chakras ». J'étais sceptique, mais plutôt attachée à ce garçon, qui était une sorte de bouée de sauvetage après une rupture. J'avais donc accepté de participer avec lui à un stage (payant, cela va de soi !) pour me découvrir moi-même. Je m'étais retrouvée dans une salle avec six personnes aux situations personnelles torturées. Cela s'apparentait davantage à un groupe d'écoute pour dépressifs. Évidemment, l'homme qui animait les séances de méditation s'approchait de chacun d'entre nous et nous adressait une phrase choc du type : « Vous avez vécu quelque chose de très traumatisant. » Ah oui ? Sans blague ! On vit tous, quoi, pensais-je tout bas. Les membres du groupe entraient en transe à la moindre méditation. Le formateur trouvait en chacun un être aux capacités exceptionnelles. Tous partaient le sourire aux lèvres, heureux qu'on les déleste de trois cents euros pour avoir la certitude d'être uniques. Après ce stage quelque peu atypique, j'ai effacé le numéro de téléphone de Louis.

Loin d'être purement athée, je pars simplement du principe que je ne crois que ce que je vois. Ironique, n'est-ce pas ? Maintenant, je suis bien forcée d'admettre que je ne trouve pas d'explication scientifique à ce qui m'est arrivé.

Et puis, voilà que tout bascule. Pour la première fois, il y a une exception à la règle. Une personne qui échappe aux lois de cette force dont je ne saisis pas tous les tenants et les aboutissants. Raphaël. En l'occurrence, ce n'est pas le tréma qui m'ensorcelle, mais sa capacité à lire en moi sans me laisser le déchiffrer à ma façon. Couchée sur mon lit, les yeux dans les étoiles, mes pensées glissent naturellement vers lui. Il est charmant. Mais charmant pour charmer. Cela se sent tout de suite. Le sourire décoché au bon moment, le regard perçant. Il connaît son pouvoir de séduction. Comment quelqu'un peut-il paraître aussi parfait alors qu'il ne l'est pas ? Il a l'air d'un mannequin alors que son nez n'est pas parfaitement droit, que son costume laisse deviner un corps pas aussi musclé qu'il n'y paraît. Il doit faire tourner les têtes, dans l'austérité des bureaux. En plus de cela, monsieur est fiancé à la fille du patron. Voilà qui promet.

* * *

— Ton bureau est ici, en face de celui de Raphaël. Il revient à midi, il est en meeting.

Ici, on ne dit pas « réunion » mais « meeting ». C'est noté.

— Si tu as besoin de quoi que ce soit, n'hésite pas, je suis juste à côté !

— Merci beaucoup.

Romain regagne son bureau, en face de Shamin. Celle-ci lui adresse un regard d'avertissement, comme agacée par le fait qu'il m'ait adressé la parole. Les deux forment un curieux tandem. Lui, qui a vingt-cinq ans mais qui en paraît cinq de moins, est d'une nature affable. Dès qu'il adresse la parole à une femme, un lien cherche, avide, un endroit où s'ancrer. Il n'a pas de petite amie et, ce qui est certain, c'est qu'il veut en trouver une. Sa supérieure est, en revanche, bien plus mystérieuse. Neuf fils sont visibles, assez épais, témoignant d'attaches fortes. Mais rien de significatif sur son lieu de travail.

J'ouvre mon sac et sors mes affaires. Je pose un bonzaï à côté de l'écran, pour donner une touche de verdure à mon environnement. Quelques crayons dans un pot, des dossiers vierges ne demandant qu'à être remplis, et voilà. Une nouvelle vie démarre. Comme prévu, à midi, Raphaël arrive. Rien que sa présence me perturbe. On ressent le même malaise à la vue d'une personne dénuée de liens qu'à celle d'un membre amputé.

— Je constate que tu as déjà pris tes marques. Bien, très bien. J'ai envoyé une invitation Outlook à Shamin et Romain pour que nous fassions un déjeuner de bienvenue. On va aller au restaurant italien en bas de la rue, tu verras, il est excellent.

— Très bien.

Les intéressés viennent à notre rencontre.

— Bon, on y va ? s'impatiente Shamin.

— En route.

Nous prenons l'ascenseur puis passons devant Sonia, qui court après Raphaël. Ses talons hauts martèlent le carrelage dans un fracas assourdissant.

— Raphaël ! Attends ! Il faut que tu signes ceci !

Elle le dévore des yeux tant et si bien que, métaphoriquement parlant, le pauvre Raphaël est déjà au fond de son estomac. Il gribouille en bas du papier.

— Voilà. Tu as quelque chose de prévu, ce midi ?

— Non, rien du tout, répond-elle.

— Eh bien, joins-toi à nous.

— Génial ! Je prends mon sac à main et j'arrive.

Je pensais que Shamin ne pouvait pas avoir l'air plus mécontent. Je me trompais. Notre petit groupe se dirige vers le restaurant juste en face, à la vitrine décorée de guirlandes rouges et vertes d'un goût douteux. On nous installe au fond. Sonia se jette joyeusement sur la banquette. Romain se débrouille pour s'installer en face d'elle. Le pauvre. Sa stratégie saute aux yeux. Le serveur arrive.

— On prendra une bouteille de vin, annonce Raphaël. Nous fêtons l'arrivée de cette charmante jeune femme parmi nous.

Comme moi, Shamin tique lorsqu'elle entend le « charmante ». Je me demande quel type de relation ils entretiennent. Hélas, impossible de le savoir. Une fois la commande prise, Raphaël porte un toast.

— Bienvenue, Alice. J'espère que tu te plairas à Linker.

— Merci beaucoup.

À peine Romain a-t-il reposé son verre qu'il me harcèle de questions.

— Alors, tu faisais quoi, avant ?

— Je travaillais comme chargée de recrutement pour une agence de voyage.

— Et pourquoi tu es partie ?

— Oh, pour plusieurs raisons…

— Peut-être que, comme Tiphanie, lance Shamin, elle en avait assez d'enchaîner les CDD.

Tous paraissent gênés à cette allusion.

— Qui est Tiphanie ?

— Celle que tu remplaces, répond Raphaël. Elle nous a quittés il y a deux mois.

— D'accord… Hum, non, je ne suis pas partie pour ça. J'avais simplement envie de me tourner vers d'autres horizons. Et j'ai toujours été attirée par les cabinets de chasseurs de têtes.

Une vision doit s'imprimer dans leurs esprits. Celle de la jeune fille bien rangée, au parcours impeccable. Pas une classe redoublée. Un poste dès la sortie de l'école. Rien ne trahit mon vrai passé. Celui d'une chasseuse, mais d'un tout autre genre. Pas de bureau jusqu'ici, pas de « meeting », de « call » ou autre sujet « touchy ». Juste des rencontres, des numéros échangés, puis, évidemment, place au toucher. Toujours armée de mon regard, pour disséquer les vies de toutes les trajectoires qui croisaient la mienne. De préférence la nuit. Quand les gens que je m'apprête à côtoyer tous les jours se lâchent sur des musiques entêtantes, buvant pour oublier leurs barrières, leurs projets avortés, leur patron infernal, leur ex, ou juste pour s'oublier eux-mêmes.

— Tu es donc plus expérimentée que Romain, conclut Shamin.

— Eh ! proteste l'intéressé d'une voix débordant de puérilité.

— Elle a raison, souligne Raphaël. Je suis sûr qu'Alice aura d'excellents conseils à te donner. Vous avez des missions très similaires, tous les deux.

Génial. Je vais devoir côtoyer le boulet.

Les plats arrivent. Nous déjeunons dans la bonne humeur. Sonia monopolise la conversation en parlant du dernier film qu'elle a vu. Une comédie romantique américaine basée sur le concept des *sex friends*. Les réactions à ce genre de thème en disent long et en un temps record sur ceux qui m'entourent. Évidemment, Romain et elle se lancent sur le sujet épineux de la fidélité. Un débat qui me met mal à l'aise dans le cadre professionnel. Si le visage de Shamin reste fermé, Raphaël, lui, sourit.

— Ce sont des questions de jeunes, tout ça, dit-il avec indulgence. On ne se les pose plus une fois qu'on a trouvé la bonne personne. Celle qui fait que l'on résiste à toutes les tentations.

— Ça dépend, tempère Shamin. Les gens changent beaucoup. Ce n'est pas toujours facile de rester fidèle, même en faisant de son mieux. De toute façon, il y a autant d'avis sur la question que de personnes différentes.

La sagesse asiatique a parlé. Merci, cela permet d'éluder la question qui brûlait les lèvres de Romain, un très discret : « Et toi, Alice ? Qu'en penses-tu ? » Il y a une méthode simple, lorsque l'on souhaite en dire le moins possible sur soi. Il faut poser des questions aux gens. Ravis de pouvoir monologuer sur leur personne, ils vous fichent la paix. Cela fonctionne à tous les coups. Je tente donc :

— Et toi, Shamin ? Ça fait combien de temps que tu travailles ici ?

— Six ans. Je suis une ancienne, tu sais. J'étais là avant Raphaël.

Il y a quelque chose d'agressif dans cette remarque. Pourtant, l'intéressé sourit, détendu. Je sens que je vais adorer cette immersion dans le monde de l'entreprise. Un vrai panier de crabes.

Après le déjeuner, retour au bureau. Voici un aperçu de ce que sera mon quotidien. Travail. Déjeuner entre collègues. Travail. Raphaël et moi nous retrouvons dans la salle de réunion afin qu'il m'explique mes missions.

— En clair, voilà comment les choses se répartissent, explique-t-il. Nous recevons une demande d'une entreprise pour un poste. Notre but : trouver la perle rare ! Nous travaillons comme une équipe : toi, tu cherches les profils intéressants, ensuite, on rencontre ensemble les candidats et on les évalue.

— Jusqu'ici, rien de bien compliqué.

— Tu auras plusieurs outils à ta disposition, notamment un logiciel, Admen. C'est une véritable mine d'or, qui doit être ta première source de recherche. Voici une brochure qui explique comment l'utiliser. N'hésite pas à consulter Romain si tu as des questions à ce propos. Tu dois considérer ton travail comme une véritable chasse. Et qui dit chasse dit procédés adaptés pour attraper sa proie.

Un silence. Je m'abstiens de commentaire, me contentant d'un hochement de tête très intéressé.

— Il y a bien sûr les réseaux sociaux, poursuit-il. On y trouve des profils variés, on peut naviguer de contact en contact, c'est un avantage. En revanche, le processus est long et on part de rien. À toi de voir ce que tu préfères… L'essentiel, c'est le résultat.

— Et, très concrètement, comment ça se passe en termes de process ?

— Un consultant nous donne une fiche de poste. Nous devons déterminer les méthodes de recherche : candidathèque, chasse ou encore annonces. Nous recherchons les CV, puis sur

Admen. Ensuite, c'est la prise de contact. Surtout, n'appelle pas un candidat qui a été contacté par quelqu'un d'autre récemment.

— Compris.

— Une fois les profils sélectionnés, il faut les faire valider par les consultants. Ensuite, on s'occupe ensemble de l'entretien. C'est clair ?

— Très clair.

— Parfait.

En résumé, je lui apporte tout sur un plateau d'argent, puis nous évaluons. Il ne s'agira pas simplement de se dire bonjour le matin. Mais bien de tout faire à deux. La perspective de travailler à ses côtés éveille un moi une joie immense. Quoi qu'il advienne, je serai amenée à le voir tous les jours. Je vais avoir un statut privilégié, en quelque sorte. Pourquoi ? Collaborer avec un homme si beau flatte mon ego. C'est aussi stupide qu'orgueilleux. Alors que ce sentiment m'envahit, un étrange phénomène se produit. Je vois un fil ténu partir de ma poitrine pour aller droit vers lui. Comme pour Sonia, le lien rencontre un mur invisible et disparaît dès qu'il se heurte à l'obstacle.

Cet homme est-il vraiment incapable de ressentir quoi que ce soit ? D'être lié à quiconque ?

— Tu as d'autres questions ? demande-t-il.

Oui. Qui es-tu, exactement ? Pourquoi est-ce que tu sembles vivre dans une bulle invisible qui te protège de toutes les interactions ? De tout attachement ?

— Non, tout va bien.

— Tu peux démarrer dès maintenant, alors.

Passé
3 juin 2010

— Alice ? Est-ce que ça va ?

Je me laisse tomber sur la banquette. Mon portable reste au creux de ma main. Ma main inerte. C'est comme si toute énergie venait de déserter mon corps.

— Alice ? insiste Timothée.

— C'est ma grand-mère.

Je fixe le verre de margarita devant moi. Les rondelles de citron flottent dans l'alcool. Je nous revois dans le jardin en Provence, une semaine plus tôt, en train de cueillir les fruits d'un jaune vif. Tout était si lumineux là-bas.

— Que s'est-il passé ?

Mes paupières papillotent pour chasser quelques larmes.

— Elle a eu un AVC.

— Oh, non, je suis désolé…

— Elle est tombée d'un coup. Elle était installée dans le canapé et regardait la télévision.

— Qui t'a prévenue ?

— Ma mère.

— Tu veux que je te conduise à l'hôpital ?

Je regarde autour de moi, perdue. Des dizaines de personnes rient. Trinquent. Parlent gravement. Un couple se dispute, dans le fond. Le monde tourne encore. Pourtant, mon monde intérieur s'est arrêté.

— Alice ?

— Non, dis-je en un souffle. C'est inutile. J'irai demain.

Je me compose un sourire de circonstance. Timothée me dévisage derrière ses épais sourcils brun froncé. Ne pas pleurer. Garder la tête haute. Elle est dans le coma. Endormie. Enfin, le sommeil est venu la cueillir, l'apaiser. Ce sommeil que la maladie lui confisquait. Elle est encore là. Elle se repose. Je me raccroche à ces pensées comme une naufragée à son radeau.

— Tu es sûre ?

— Certaine. On peut reprendre notre conversation.

— Je ne sais pas si…

— Tim, dis-je brusquement, continuons. Ma mère a dit qu'il n'y avait rien d'autre à faire qu'attendre. Alors j'attends. J'ai juste envie de penser à autre chose, là.

Tout pour se détourner de la douleur que je sens poindre. Ne pas la regarder. Ne pas s'en préoccuper.

Il acquiesce d'un vague hochement de tête. Je reprends :

— Tu disais que tu aimerais que l'on se remette ensemble ?

— Oui.

J'ose enfin le regarder droit dans les yeux. Je plonge. Dans le noir. Un noir intense, profond. Dès qu'il a franchi le seuil du bar, j'ai senti mes défenses s'effondrer. À peine a-t-il fait un mouvement à table que son odeur m'a enveloppée. Son parfum. Si rassurant. Une envie terrible est montée, celle de lui tomber dans les bras, de me sentir en sécurité. Mais je dois résister.

— Je ne sais pas.

— Ce n'est pas vraiment le bon moment pour en parler, de toute façon. C'est juste… Je sais tout ce que tu as traversé récemment. Tu t'es occupée de ta grand-mère, tu as…

— Je me suis battue. Contre Alzheimer. Sans toi.

— Oui. Je veux dire, je suis désolé, désolé de t'avoir fait subir mes doutes sur notre relation en plus de ça…

Je baisse la tête pour touiller distraitement le contenu de mon verre.

— Tu es parti, Tim, dis-je dans un murmure. Tu m'as laissée tomber.

— Non, je…

— Où étais-tu ?

— Je te l'ai déjà dit, j'étais ici, à Paris. J'avais juste besoin de distance, c'est tout.

— Distance. Oui.

Je vide mon verre d'un trait.

— Écoute, l'essentiel, c'est que je suis là pour te soutenir, maintenant.

— Je peux te poser une question ?

— Bien sûr, je t'écoute.

La question. Celle qui est au bord de mes lèvres depuis des semaines. Celle que je n'arrive pas à poser, de peur d'entendre une réponse trop blessante. Après une longue inspiration, je me lance :

— As-tu eu une histoire avec quelqu'un d'autre ?

— Alice…

Je le sonde. Visage impassible.

— Alice, on a en déjà parlé. Je ne veux personne d'autre, je ne veux que toi, et pourtant tu doutes ! J'en ai assez de te répéter encore et toujours la même chose.

— Réponds.

Il lève les yeux au ciel.

— Non. Non, je n'ai eu personne d'autre.

Il me prend la main. Je tente de me libérer, mais il la serre avec force. À ce contact, ma dernière barrière tombe. Je rends les armes.

— Je suis désolée d'être aussi paranoïaque…

— Fais-moi confiance.

— D'accord. Excuse-moi. Mais j'ai besoin de temps. Pour reprendre mon souffle, tu vois.

— Bien sûr, bien sûr. Je comprends complètement. Eh bien, commençons maintenant. Je reviens.

Il traverse la petite salle jusqu'aux toilettes au fond à droite. À peine celle-ci s'est-elle refermée sur lui que je m'empare de sa sacoche en cuir posée sur sa chaise. Un réflexe. Comme d'habitude, son téléphone est dans la poche de devant. Je dessine un A sur l'écran tactile pour débloquer le verrou – un « A » comme Alice, pas très original.

Boîte de réception.

Alice.

Alice.

Paul.

Marine.

Mon cœur s'emballe.

Je touche l'enveloppe jaune. Le message apparaît.

Merci beaucoup! Désolée de l'avoir oublié chez toi.
Je peux repasser le chercher demain?;)

Qui est Marine?

Mon doigt glisse fébrilement sur l'écran. Les messages s'ouvrent les uns après les autres.

C'est adorable! Demain, c'est pas possible, j'ai gym à cette heure-ci. Vendredi? Je pense à toi.

Marine. Son nom apparaît encore et encore, mais j'en ai assez vu. Je range le téléphone à sa place. Une vague de dégoût me submerge. Timothée revient. Il échange des plaisanteries avec le serveur. Quelque chose brûle en moi. Mais je le laisse me consumer. Je souris à l'homme qui me maintient que je peux avoir confiance en lui. Au fond de moi, tout crie. Continuer de sourire.

— Tu veux commander autre chose? demande-t-il.

— Non, merci. Je crois que je vais y aller.

— Déjà? s'étonne-t-il.

Je ne peux détourner mon regard de sa bouche. Ses lèvres fines, un peu sucrées. Celles que je croyais miennes, et qui sont allées se poser secrètement sur bien d'autres.

Mais pourquoi est-ce que cela fait si mal? Cet homme ne m'appartient pas. Il n'est pas enchaîné à moi.

— Oui, déjà. Passe une bonne soirée.

Je laisse un billet sur la table et me lève. Tim me pose des questions, mais je n'entends pas. Je n'entends plus rien. Sur le trottoir, les clients du bar soufflent en chœur leur fumée de cigarette. Je reste quelques instants immobile, ignorant la morsure du froid. Envie de vomir. Besoin de marcher. Cet homme que je pensais connaître. Cet étranger. Des images me reviennent, éclairs fugaces. Sa main s'aventurant pour la première fois au creux de mes reins. La douceur de soirées passées l'un contre l'autre, à parler de tout et de rien. Un premier

« je t'aime » murmuré pudiquement sous le voile protecteur d'un drap.

— Vous avez du feu, mademoiselle ?

Un homme est devant moi, élégant dans son manteau noir cintré. Cheveux tirés en arrière. Sourire concupiscent. J'ai un mouvement de recul.

— Non, désolée.

À peine les mots sortent-ils qu'ils sont accompagnés de larmes. Mon corps est secoué de violents sanglots. Mon interlocuteur est visiblement désarçonné.

— Que se passe-t-il, mademoiselle ?

Je m'enfuis sous les regards alarmés ou indifférents. Marcher. Le plus vite possible. Droit devant. Je traverse des passages piétons. Passe devant des dizaines de boutiques de luxe aux devantures pleines de vêtements et de bijoux aux prix mirobolants.

Marcher. Mettre le plus de distance possible entre Tim et moi. Je ne supporte plus la trahison. Je n'arrive plus à croire en personne. Tout me paraît sombre et hostile. Je martèle mes prémonitions, on me rit à la figure, alors je pense que j'ai tort… et j'ai raison. J'ai raison, et j'aurais voulu avoir tort…

Maintenant, je sais que je ne dois plus lui parler. Pour me sauver. C'est le seul moyen d'essayer de reconstruire ce qui vient d'être détruit en moi. De ne pas laisser les ténèbres gagner. Il faut juste que je lutte contre cette peur panique. Celle de l'abandon. De celui qui préfère le silence plutôt que d'écouter les pleurs que l'on s'autorise enfin, car il a été trop habitué à ce que les choses soient à sens unique.

C'est comme une cure de désintoxication. On ne pense pas être dépendant jusqu'à ce qu'on nous retire l'objet de la passion… d'un coup, sans crier gare. Avec Tim, nous nous parlons tous les jours depuis deux ans. Et, d'un coup, il faut accepter le vide. Je dois moi aussi m'imposer le silence. Faire ce que je ne supporte pas, faire ce qu'il m'a fait. Non pas pour me venger, mais pour arriver à laisser reposer cette chose qui pend dans ma poitrine, toute sanguinolente, prête à tomber. Il faut alors saisir le cœur à pleines mains, puis le replacer en douceur et le laisser reprendre vie, lentement… C'est si difficile. Je pensais être mieux armée face à cette épreuve connue. Ce n'est pas le cas. Je suis juste aussi fragile qu'avant. La seule différence, c'est que je l'avais vu venir. Je savais pertinemment ce qui allait se produire sans pouvoir pour autant modifier le cours des événements.

Respirer profondément. Se calmer. Impossible.

Je me mêle à la foule qui remonte l'avenue de l'Opéra. Mamie. Je n'ai qu'une envie, en cet instant. L'appeler. Elle trouverait les mots pour m'apaiser. Ceux qui me rappelleraient qui je suis sans lui. Mais elle dort actuellement dans un lit d'hôpital. Enfin un peu de repos pour son esprit torturé.

J'arrive sur la place. L'Opéra Garnier me domine de toute sa hauteur, temple néoclassique d'une richesse qui contraste avec le béton alentour. Les huit colonnes monumentales ornées de statues semblent m'appeler. Je voudrais me reposer entre leurs bras de pierre.

Je m'assieds sur une marche, puis enfouis ma tête entre mes mains, le menton sur les genoux. Les larmes roulent le long de mes joues, intarissables. Je me sens si seule.

Pourquoi est-ce que je n'arrive plus à rien ?

Est-ce que tout vient de se briser ? Tous les barrages ?

Pourquoi suis-je sous l'eau, d'un coup ?

Est-ce que quelqu'un peut venir m'aider, s'il vous plaît ?

Je ne sais plus qui appeler.

Je ne sais plus qui sera là pour moi.

Personne.

J'ignore combien de temps je reste ainsi. Une minute. Peut-être une heure. Plus rien n'a d'importance.

— Mademoiselle, est-ce que ça va ?

Cette voix me tire de mon état second. Je relève la tête et sèche maladroitement mes joues.

— Oui, ça va…

La femme s'éloigne, préoccupée. Lorsque mon regard se pose sur la place, mon cœur s'affole. Des lumières. Mais pas celles des monuments ou des immeubles. Les gens évoluent au milieu d'entrelacs scintillants. Je me frotte les yeux. Les rouvre. Les fils blancs sont toujours là, partout. Ils partent en tous sens, ondulent, naissent et se rompent.

Qu'est-ce que c'est que ça ?

Chapitre 3

De l'aide

Présent
16 décembre 2011

La période de Noël a quelque chose de féerique. La nuit dévore la journée de bonne heure. Les bâtiments troquent l'éclat du soleil contre les étincelles des décorations. Quelques chants traditionnels résonnent dans la rue. Les vitrines sont surchargées de faux Père Noël, de faux cadeaux, de faux sapins. La vie semble se dégrader en rouge, en blanc et en vert. Une sorte de fièvre monte, celle des préparatifs, de la perspective des fêtes. Moment salvateur pour certains, promesse de retrouvailles tant attendues ; austères soirées en perspective pour d'autres. Comme pour moi. Je n'aime pas ce bilan obligatoire. Revoir sa famille, ces personnes à qui je ne parle pas le reste de l'année, mais pour qui il faut faire semblant l'espace de quelques heures. Les fameuses questions répétées cent fois : « Alors, tu en es où, toi ? », « Comment ça se passe, au travail ? », « Et les amours ? » Il faut alors s'armer de courage, dégainer son sourire le plus radieux, le plus factice.

Je crois que, depuis que ma grand-mère est partie, Noël n'a plus la même teinte. La même chaleur. C'est sûrement pour cela que cette période ne m'inspire plus aucune joie, juste un passage obligé. Une pièce pleine de guirlandes et de foie gras à traverser avant de retrouver sa vie normale, avec une année de plus au compteur.

Au bureau ce matin, un seul mot est sur toutes les lèvres : la soirée. Linker prend soin de ses employés et leur organise un moment convivial pour la fin de l'année. Comprendre : un prétexte pour parader devant ses collègues dans une tenue avantageuse, pour boire et s'abandonner dans l'ambiance tamisée d'un bar chic. J'imagine déjà les festivités. J'ai assisté à de nombreux événements de ce genre. Hors de question pour moi de tomber dans le piège. Je viens à peine d'arriver, merci bien. Autant garder une image irréprochable.

En face de moi, Raphaël est absorbé par son écran. Il ne prend pas part aux discussions enthousiastes qui animent l'open space. Je suis étonnée de constater à quel point il est solitaire. Depuis mon déjeuner de bienvenue, je ne l'ai vu s'adresser à nous que pour des questions professionnelles. Se peut-il que les gens sentent qu'il n'est pas… normal ?

À 11 heures, Romain et Shamin se lèvent. Tandis qu'elle continue son chemin, son ancien stagiaire s'arrête devant moi :

— On va prendre un café. Tu viens ?

— Oui, bonne idée.

Aucune proposition à Raphaël, comme s'il avait déjà refusé tant de fois que c'était peine perdue. Nous prenons l'ascenseur et nous retrouvons au cinquième étage. La pause de 11 heures semble être un rituel bien rodé. Shamin arrache au distributeur une canette de Coca-Cola.

— C'est sa drogue, glisse Romain.

Lui et moi prenons un café. Nous nous installons autour d'une petite table ronde.

— Alors ? demande-t-il. Tout se passe bien ?

— Pour le moment, oui.

— J'imagine. Petite chanceuse, va !

Il m'adresse un clin d'œil complice.

— Pourquoi chanceuse ?

— Tu travailles avec Raphaël, le beau gosse de la boîte.

Sa supérieure pousse un soupir exaspéré, mais ne se prononce pas. Elle semble s'être résignée au franc-parler de son collègue. Je soupçonne même que, sous ses airs glacés, elle s'en amuse intérieurement.

— Avoue qu'il a un physique agréable, poursuit-il.

— Tu as de drôles de réflexions, dis-je. Nous sommes dans un cadre professionnel.

— C'est marrant, tu parles déjà comme lui. Il ne t'a pas recrutée pour rien.

— C'est Cassandra qui l'a recrutée, précise Shamin.

— Ah, oui…

— Quoi qu'il en soit, dis-je pour changer de sujet, je n'ai pas encore d'avis prononcé sur mon poste pour le moment, mais je suis très enthousiasmée par mes premières missions.

— Tu es venue à Paris pour le job ?

— Non, j'y vis depuis quelques années maintenant.

— Et tu viens d'où ?

— J'ai grandi sur la Côte d'Azur.

—Ah, une fille du Sud !

—On peut dire ça comme ça…

—Mais, poursuit-il avec un sourire charmeur, tu es venue uniquement pour des raisons professionnelles ? Ou bien aussi pour… je ne sais pas… un amoureux, par exemple ?

—Romain, soupire Shamin.

Je me contente de secouer la tête de gauche à droite, totalement dépitée.

—Ça va, dit-il en riant, on peut se détendre ! C'est la pause !

—Tu te détends bien vite, quand même, répliqué-je.

—C'est parce que tu sais me mettre à l'aise.

Mon Dieu… Je bois une gorgée de café pour tenter de dissimuler le rictus condescendant que je sens se dessiner malgré moi.

—En revanche, je ne suis pas sûre que tu la mettes à l'aise, elle, fait Shamin.

—Merci, dis-je avec une vive reconnaissance.

—Oh, ça va… Bon, et toi, Alice, tu viens aussi à la soirée ?

—Je ne pense pas.

—Dommage…

—J'ai beaucoup de choses à faire.

Quel beau mensonge ! Shamin me lance un regard où se mêlent la compassion et l'amusement.

—Mais Sonia y va sûrement, ajouté-je avec une pointe de malice.

Le visage de Romain devient soudain grave. Chez lui, la plaisanterie s'en va aussi vite qu'elle arrive. Ne voulant pas accroître sa gêne, je me lève et jette mon gobelet. Il est temps de retourner travailler.

***

Un crayon coincé dans la bouche, la main crispée sur ma souris, le casque sur les oreilles pour me couper du monde, je fixe mon écran. Juste au-dessus de mon navigateur, les cheveux ébouriffés de Raphaël dépassent légèrement. Si je lève les yeux, je peux voir son expression de profonde concentration, ses fins sourcils très légèrement froncés.

Je crois qu'il me fascine. C'est plutôt une mauvaise nouvelle, et ce pour plusieurs raisons. D'abord, c'est mon manager. Ensuite, pour ne rien arranger, il est fiancé à la fille du P-DG. Enfin, c'est une sorte de monstre. Mais j'aime cela. Je crois que j'ai moins peur de lui du fait qu'il échappe à mon pouvoir. Au contraire, cela en fait une insolente exception.

Mais à quoi est-ce que je pense ? Je jette un œil au fil qui part de ma poitrine et va vers lui avant d'être interrompu. Je m'attache alors que cela fait seulement quelques jours que je le connais ! Impossible de se voiler la face, de mettre des œillères pour se faciliter la vie. Le lien est bien là. Il existe, maintenant. Un lien déjà bien plus puissant que ceux que j'ai pu développer avec mes victimes, ces hommes dont je me fichais, que je séduisais puis dont je sabotais l'existence sans scrupule. Pourtant, j'avais mêlé mon souffle au leur.

— Alice ?

— Oui ?

— Est-ce que tu avances sur le recrutement du directeur des finances pour Losoft ?

— J'ai quelques pistes.

— OK, envoie-moi une invit dès que tu as du concret.

— Pas de problème.

Il reprend son travail et moi le mien.

Soudain, une icône bleue striée de blanc clignote dans ma barre des tâches. Je clique dessus. Une fenêtre de conversation instantanée apparaît.

Romain Bretin : Salut !

Je reste un instant interdite. J'ignorais qu'il existait ce type de logiciel interne à l'entreprise. Tout est vraiment fait pour favoriser les interactions entre les employés. Je commence à comprendre pourquoi la plupart de mes collègues pianotent furieusement ! Ils n'ont pas une inspiration permanente pour écrire des e-mails, en fait, ils discutent entre eux…

Alice Duval : Salut.

Rester polie.

Romain Bretin : C'est vraiment dommage que tu ne viennes pas ce soir☹

Un smiley ? Non mais sérieusement ?

Alice Duval : Comme je l'ai déjà dit, j'ai pas mal de choses à faire. Mais buvez à ma santé !

Romain Bretin : OK OK !

Romain Bretin: Et sinon tu te plais ici? Pas trop la pression avec Raphaël?

Alice Duval: Tout va bien.

Romain Bretin: Parce que bon... Tiphanie, la fille avant toi, bossait pas mal avec lui! Elle disait qu'il était assez dur!

Tu crois vraiment que je vais balancer sur mon supérieur alors qu'on se connaît à peine? Mais dans quel monde vit ce garçon? Ne pas répondre.

Romain Bretin: Excuse-moi, je dois te déranger...

Alice Duval: Désolée, j'ai beaucoup de boulot☺

C'est fou, cette capacité à afficher un grand sourire sur un écran tandis que l'on retient un soupir exaspéré… Je clique sur la croix en haut à droite et reprends mon travail. Raphaël ne semble pas très apprécié. Il faut avouer qu'il dégage une certaine arrogance.

La journée passe à toute allure tandis que les tâches s'accumulent. Je fais des listes et prends un plaisir fou à rayer une nouvelle ligne chaque fois. À cette période de l'année, la nuit engloutit Paris durant l'après-midi. En regardant par la fenêtre de l'immeuble, j'ai l'impression d'avoir passé ma journée coincée entre ces quatre murs. Ma période de liberté est bel et bien révolue.

— Je suis de retour !

Je retire mon casque en voyant le jeune homme qui vient d'entrer dans l'open space. De taille moyenne, il arbore un costume à la coupe impeccable. Le col blanc de sa chemise encadre un visage rond, bien rasé, fendu d'un sourire éclatant.

— Tiens, te voilà, toi ! s'exclame Romain. De retour pile pour la soirée, comme par hasard.

L'inconnu éclate d'un rire grave contagieux. Il s'approche de Raphaël pour échanger une virile poignée de main.

— Sébastien, annonce mon responsable, je te présente Alice. Alice, Sébastien travaille dans le pôle à côté du nôtre.

— Bienvenue !

Pas beaucoup de liens durables chez ce jeune homme. Vu son physique plutôt agréable, il doit pourtant avoir plus de succès que Romain.

— Merci, dis-je.

— Tes vacances se sont bien passées ? demande Raphaël.

— Très bien, je suis parti à Berlin avec des potes de mon école. De grandes retrouvailles.

Impossible d'identifier le lien entre les deux hommes. Pourtant, il est assez rare de voir Raphaël aussi avenant avec quelqu'un. Un ton sympathique, mais teinté d'une rivalité légèrement palpable. Les deux coqs de l'open space, à n'en pas douter.

Sébastien rejoint son propre bureau, en face d'une stagiaire dont je ne parviens pas à me souvenir du nom. L'heure de partir arrive. Tandis que les conversations enflent, que l'excitation à la perspective de la fête imminente monte, je hisse mon sac sur mon épaule.

— Bonne soirée, tout le monde.

J'adresse un petit signe de main à Raphaël, qui me considère avec étonnement.

— Tu ne viens pas, ce soir ?

— Non.

— Bien, bien... Bon, repose-toi, alors.

Dans l'ascenseur, mon reflet me renvoie un regard voilé de tristesse que je ne connais que trop bien. John. J'ignore pourquoi son souvenir m'effleure à cet instant. Cela fait tellement longtemps que l'on ne s'est pas parlé. Son absence me bouleverse soudain. Ici, je me sens en permanence tendue, à l'affût de tout. Jamais de relâchement. Avec lui, tout était naturel. Authentique.

Durant plus d'un an, j'ai vécu des relations artificielles. Je les modelais comme je l'entendais, je coupais les ponts par réflexe. Mais les choses vont changer. Je sens le renouvellement trembler sous mes pieds. Travailler, c'est être enchaîné à un immeuble, à une machine à café, à des personnes que l'on verra tous les jours. Plus possible de fuir.

Passé
3 juin 2010

La clé heurte plusieurs fois la cloison. Je dois attraper mon poignet pour calmer le tremblement incontrôlable de ma main. Enfin, la clé s'introduit dans la serrure. Je pousse la porte de mon appartement. Ferme derrière moi.

Boire. De l'eau. Je remplis un verre. Il me faut quelques minutes avant d'arriver à le porter à ma bouche et à avaler son contenu avec avidité. Après une profonde inspiration, j'ose de nouveau regarder. Ces… choses sont toujours là. Des traits de lumière qui brillent dans l'obscurité de la pièce. Il y en a cinq. Je retire les vêtements qui encombrent mon miroir en pied. Ma peau est encore plus pâle qu'à l'accoutumée. De la sueur a perlé sur mon front. Et ces sortes de… cordes éclatantes sont toujours là, dans le reflet aussi.

— Putain… qu'est-ce que c'est que ça ?

Après une longue hésitation, je me lance. Je tente de les toucher. Mais ma main passe au travers. Comme s'il s'agissait de rayons.

Je crois que je suis devenue folle.

Complètement cinglée.

La diode rouge du téléphone fixe clignote dans le noir. Appeler quelqu'un. Je ne peux pas rester comme ça. Appeler John. Maintenant. Mon index compose le numéro par réflexe. Pourtant, cela fait une éternité que je ne l'ai pas appelé.

Bip…

— Allez, décroche.

Bip…

— Pitié, j'ai besoin de toi…

Bip…

— Allô ?

Cette voix. Chaude. Rassurante. J'étouffe un sanglot.

— Allô ?

— C'est moi…

— Alice ?

— Oui.

— Tu sais quelle heure il est ?

—Non.
—J'ai exam demain…
—Je suis désolée.
Silence.
—Tu pleures ?
Nouveau silence.
—John, ça me fait si plaisir de t'entendre…
—Qu'est-ce qui t'arrive ?
—Je… je crois que j'ai un problème. Un gros problème.
—Quel genre de problème ?
—Il faut absolument que tu viennes.
—Attends, calme-toi…
—Il faut que tu viennes, maintenant. Je t'en supplie, John.
—Qui est-ce ?
Une autre voix au loin. Féminine. Il n'est pas seul.
—Deux secondes.
Il a dû poser sa main contre le téléphone, car je n'entends plus rien.
—Alice ?
—Oui, je suis là. J'ai besoin de toi. Vraiment.
—Très bien. Je serai là dans une demi-heure. Ça ira ?
—Je t'attends.
—Accroche-toi, Merveille.

Merveille. Ce surnom affectueux me fait fondre en larmes. Petite, je détestais mon prénom. Toute mon enfance, j'ai entendu : « Comme dans *Alice au pays des merveilles* ! » Jonathan n'arrêtait pas de me dire que c'était pourtant très joli, que l'œuvre de Lewis Caroll était une référence. Le roman, bien sûr. Pas la version édulcorée de Disney. Il était déjà autant fasciné par la littérature que par les sciences.

Je passe dans la salle de bains et me fais couler un bain. Alors que je m'apprête à entrer dans l'eau chaude pour prendre mon mal en patience, mon téléphone portable sonne. Maman.

— Allô ?

— Oh, ma chérie, je suis désolée…

Jamais je n'ai entendu la voix de ma mère aussi brisée. Bouleversée.

— Que se passe-t-il ?

— C'est mamie. Elle… elle est partie.

Avalanche d'événements.

Blanc. Reprendre mes esprits.

Maintenant, tout ira bien, mamie.

Il n'y a plus ta silhouette devant le citronnier ou arpentant les couloirs. Ton visage crispé par l'épuisement a retrouvé sa sérénité dans cette chambre d'hôpital.

Quelques jours auparavant, nous étions ensemble. Cette semaine où tout allait bien. Où il ne fallait pas avoir peur.

Tes souvenirs filaient comme le sable entre les doigts. En voici un qui restera quelque part. Celui de cette pièce que nous répétions toutes les deux sans que tu le saches. Où chaque minute était nouvelle pour toi. Où tu me disais de temps en temps avec un sourire : « Je suis contente que tu sois là. »

Ta mort me brise le cœur. C'était pourtant la seule solution pour que l'on te tire enfin de ce cauchemar de tous les instants, de cette vie où même le sommeil n'était pas un refuge.

Il y a quelques mois, j'aurais sans doute été effondrée, révoltée. Mais, aujourd'hui, ta mort est un cadeau. Pour toi, l'apaisement retrouvé. Pour moi, toutes ces choses que tu m'as transmises, ta force et ta vulnérabilité, tes angoisses qu'il fallait transformer en sérénité. Tu croyais en moi comme nul autre. Tes paroles resteront gravées pour toujours. M'occuper de toi m'a fait grandir. Ton départ me fait grandir. Me donne plus que jamais envie de vivre, de réaliser les rêves dont tu me parlais il y a quelques années.

Tu m'as fait promettre quelque chose durant cette semaine.

Alzheimer a perdu. Tu es partie avec nos visages à l'esprit, consciente de notre amour.

—Alice ?

—Oui, maman…

—Est-ce que tu veux venir la voir ?

—Non. Non, je n'ai pas besoin de ça.

—D'accord. Je… je ne sais pas comment on va s'organiser. L'enterrement, les papiers… Oh, ma puce, je sais que c'est ce qu'il y avait de mieux pour elle, pourtant je n'arrive pas à me dire…

Sanglots. Il faut que je trouve la force.

—Ça va aller, maman. Tu veux que je vienne ?

—Non, non. Je te rappelle demain. De toute façon, maintenant, il faut juste être courageux.

—Oui.

Un long silence s'étire. Il n'y a rien d'autre à dire. Pas de mots à mettre dessus encore.

—Essaie de dormir, murmure ma mère.

—D'accord. Bonne nuit.

—Bonne nuit.

Je raccroche. Mon regard tombe sur les fils. Il n'y en a plus que quatre. Ce que je vois me semble tellement… réel. Sauf que ce n'est pas possible. Cela n'existe pas.

Je prends une profonde inspiration et plonge mon corps dans l'eau chaude, presque bouillante. Tête sous l'eau. Bulles qui s'échappent de la bouche, puis une longue minute dans un cocon aquatique, à vouloir ne plus jamais remonter. Besoin que tout s'éteigne.

Mamie ne me le pardonnerait pas. Elle me disait encore, quelques jours plus tôt : « Je sais que ce n'est pas bien, mais je ne me fais pas de souci pour toi. Quoi que tu entreprennes, tu y arriveras. »

Je crois qu'elle est la seule à s'être vraiment inquiétée de mon sort. Tim, mon petit ami, qui disparaît quand ça lui chante. Mes parents, toujours à droite et à gauche, vivant pleinement leur vie accidentellement encombrée d'une enfant. Mais toi, mamie, tu voyais toujours quand j'étais en danger. Parce que tu avais tout compris.

Tu me manques déjà. Tes encouragements. Ta profonde gentillesse.

Où que tu sois, j'espère que tu n'as pas froid.

— Alice ?

Ma tête crève la surface. C'est la voix de John. Je sors de l'eau, m'enroule dans une serviette et vais lui ouvrir. Je le regarde de haut en bas. Les fils. Ils sont là aussi. Sur lui. Il y en a un, énorme, qui nous relie tous deux. Effrayée, je me jette dans ses bras. Sa main caresse mes cheveux et apaise mes angoisses les plus profondes.

— Mamie est morte…

— Oh, Merveille… Je suis désolé. Tellement désolé.

— Elle a eu un AVC. Et là, plus rien. Partie.

— Tu aurais dû me dire tout ça au téléphone. Allez, on ne va pas rester éternellement sur le pas de la porte, tu vas avoir froid.

Je m'installe dans le canapé sans rien dire. Il fait comme chez lui : ouvre le placard, sort une couverture et la pose sur mes épaules. Pour me réchauffer ou pour cacher mes épaules dénudées, je ne sais pas. Quand il bouge, je vois le lien qui nous unit épouser nos mouvements.

— Merci d'être venu. Je sais que ça n'a pas dû être facile pour… la personne avec qui tu es.

— Charlotte.

— Charlotte, oui.

Il passe une main dans sa tignasse bouclée. Nous nous sourions.

— Je sais, devine-t-il. Mes cheveux. C'est l'enfer.

— Oui. Ils sont beaucoup trop longs.

Silence.

— John… J'ai une question.

— Oui ?

— Est-ce que tu vois… quelque chose de différent chez moi ?

— Hum… Non.

Lui dire. Trouver la force. Calmer la peur.

— Je ne t'ai pas appelé qu'à cause de ma grand-mère. Je t'ai appelé parce que je vois quelque chose qui n'existe pas.

— Tu m'effraies un peu…

— Il n'y a qu'à toi que je peux parler de ça. Tu es médecin, tu vas me dire ce qui se passe chez moi.

— Apprenti médecin. Je ne suis qu'interne, je te signale. Mais bon, dis-moi toujours ce que tu vois.

Comment expliquer ça ? Je cherche longtemps mes mots. Ils frôlent mes lèvres puis disparaissent avant d'avoir pris forme.

— Alice ? insiste-t-il, inquiet.

— Je vois… des fils.

Il hausse un sourcil.

— Des fils ?

— Oui. Ils partent de là. De ma poitrine.

Je pointe précisément l'endroit du doigt.

— Le plexus solaire ? interroge-t-il.

— Oui. Et ils vont un peu partout. Et j'en ai un relié à toi. Tu le vois ? Là.

Il contemple l'espace entre nous d'un air profondément sceptique.

— Tu ne le vois pas…

— Non, Alice. Je ne vois rien du tout. Juste cette moquette qui a sérieusement besoin d'un coup d'aspirateur.

Je ris entre mes larmes.

— Qu'est-ce que tu entends par des « fils » ?

— Je… je ne sais pas comment dire. Ce n'est pas physique. Je ne peux pas les toucher. C'est plus comme de la lumière pure. Tu vois ce que je veux dire ?

— Pas vraiment, non.

— Je te jure que je les vois !

— Depuis combien de temps ?

— Une heure, au moins.

— Et c'est arrivé quand ?

— J'étais sur les marches de l'Opéra. J'attendais.

— Tu attendais quoi ?

Revivre cette scène me rappelle soudain la trahison de Tim. Je repousse la douleur.

— J'avais besoin d'être seule. Je venais d'apprendre pour ma grand-mère.

— Bon…

Il s'installe à côté de moi.

— Est-ce que tu as consommé une substance psychotrope ?

— Euh, tu veux dire de la drogue ? Non, pas du tout.

— Est-ce que tu as laissé ton verre quelques instants sans surveillance ?

— Mon verre ? Non, j'étais avec Tim…

Le visage de Jonathan s'assombrit quand je prononce le prénom de Tim. Il l'a détesté dès que je lui ai parlé de lui.

— Je te jure que je n'ai rien pris, dis-je pour changer de sujet.

— D'accord. Je te crois.

Je fixe les rayons avec curiosité. Ma frayeur décroît à mesure que j'en parle.

— Alors c'est quoi ? Pourquoi je vois ça ? Explique-moi ! C'est une hallucination ?

— Ça ne peut pas être une hallucination. Tu as un regard critique par rapport à ce que tu vois. Tu sais que ça n'existe pas. On appelle ça une hallucinose. Si mes souvenirs sont bons, les causes peuvent être multiples. On pense bien sûr à la drogue, mais ça peut être lié à des pathologies psychiatriques…

— Tu crois que je suis folle ?

Sa main se glisse dans la mienne.

— Non, Merveille. Tu es tout sauf folle. Ne t'inquiète pas, demain, je t'emmène faire des tests à l'hôpital. Tout ira bien.

J'acquiesce d'un vague hochement de tête.

— Je crois que tu devrais te coucher, reprend-il. Tu es épuisée. Nous verrons si ces fils sont toujours là au réveil.

— John…

— Oui ?

— Ne me laisse pas toute seule ce soir. S'il te plaît.

— Je ne te laisserai jamais seule.

Chapitre 4

Mer

Présent
17 décembre 2011

J'ai fait un rêve étrange. Je regardais mon corps. Il était comme boursouflé, raccommodé. Les blessures étaient plus ou moins grosses, des surfaces bombées marron et recousues de fil blanc. La plus douloureuse, énorme, courait de mon sein gauche à mon ventre. Le sentiment d'abandon. Je le sentais encore sourdre en moi. La seconde, sur la droite, plus petite, Tim. Plus aiguë aussi.

L'eau que je passe sur mon visage ne parvient pas à dissiper les brumes de la nuit. Les images persistent. Quel étrange message ! Comme si, au fin fond de mon inconscient, j'avais pu apercevoir mes meurtrissures affectives sous forme physique. Comme si les sentiments devenaient palpables. Tandis que je passe un collier autour de mon cou, un élément me frappe. Malgré ma crainte de cette nouvelle vie, je ne vais pas au travail à reculons. La routine a quelque chose de profondément rassurant. Le même trajet, les mêmes gens, les mêmes problématiques. Ce plongeon dans la vie active date d'il y a quelques jours et, pourtant, tout me semble déjà familier.

Lorsque j'arrive à mon bureau, la plupart des chaises sont encore vides. Certains ont dû boire plus que de raison, hier soir. Raphaël arrive quelques minutes après moi, suivi par une femme un peu plus jeune que lui. Ses cheveux châtains et lisses sont maintenus en arrière par une barrette lui donnant un air de jeune fille modèle. Ses traits sont fins, ses pommettes saillantes, pourtant elle n'est pas particulièrement jolie. Très banale. Son jean et son tee-shirt blanc donnent l'impression qu'elle est encore sur les bancs de l'université. Je l'imaginais avec une femme pleine d'assurance, en talons aiguilles et tailleur. Surprenant.

Elle passe son bras autour de celui de Raphaël, et j'ai le temps de voir étinceler le diamant à son annulaire.

— Bonjour, dis-je avec un large sourire.

— Bonjour, répond-elle de sa voix douce. Je suis Laëtitia, la fiancée de Raphaël.

— Enchantée. Je m'appelle Alice.

Elle se retourne vers son homme. C'est impossible. Il ne peut pas n'avoir aucun lien avec celle qui partage sa vie.

— Titia, tu veux boire quelque chose ? Un café ?

— Non, ça va. Je vais aller voir papa directement. Au fait, tu as pensé aux billets ?

— Oui, bien sûr.

— J'ai hâte…

Elle se hisse sur la pointe de ses ballerines noires pour poser un baiser sur ses lèvres.

— À tout à l'heure, mon cœur, murmure-t-elle.

— À tout à l'heure.

À peine est-elle sortie de l'open space qu'il lève son regard perçant sur moi. Je reste muette. Lui aussi.

Shamin arrive. Si elle s'est laissée aller hier soir, rien dans son apparence ne la trahit. Son teint est éclatant. En revanche, difficile d'en dire autant de Romain. Décoiffé, il porte la même chemise à carreaux qu'hier. À en juger par sa mine déconfite, c'est chez un collègue masculin qu'il a passé la nuit. Sa responsable et lui échangent un regard complice, de ceux que l'on ne peut s'adresser qu'après avoir partagé des confidences autour d'un verre. Ne pas aller à cette soirée était vraiment la meilleure idée que j'aie eue depuis longtemps : le rôle de spectatrice est vraiment confortable.

Sébastien est le dernier arrivé. Il ne semble pas avoir dormi chez lui non plus. Il pose une main affectueuse sur l'épaule de Raphaël.

— C'était ce qu'on appelle une soirée payante, dit-il tout bas. J'ai joué la carte du joli garçon.

— Tu ne sais pas te tenir, souffle mon manager.

— Je l'ai cartouchée.

— Je me doute bien.

Je ne peux m'empêcher de rouler des yeux exaspérés. Sébastien me surprend et lève un doigt en signe d'avertissement.

— Tout ceci est strictement confidentiel, mademoiselle. C'est une conversation entre hommes !

— Si c'est confidentiel, tu n'es peut-être pas obligé de la partager avec tous tes collègues.

Raphaël réprime un éclat de rire. Son acolyte se contente de me saluer d'un hochement de tête poli, puis regagne sa place.

Finalement, en entrant dans le monde de l'entreprise, je pensais faire mes premiers pas dans celui des adultes. Certes, grâce à leurs salaires, toutes ces personnes arborent des vêtements ou des accessoires plus coûteux, et ont appris à faire illusion au fil du temps, mais elles n'en restent pas moins guidées par les mêmes préoccupations qu'au lycée. Comment vais-je coucher avec Untel ou Unetelle ? Qui a couché avec qui ? Ce n'est plus la course après les notes, mais après les primes ou les promotions. On prend les mêmes, on change les appellations et on recommence !

D'après les bruits de couloir – ou plutôt les conversations à la machine à café –, le P-DG de Linker aurait fait un discours très solennel, Romain aurait tenté sans succès d'obtenir les faveurs de Sonia – quelle surprise ! – et Raphaël ne serait resté qu'une demi-heure.

Au moment de la pause-déjeuner, je passe aux toilettes. Alors que je me lave les mains, un sanglot s'élève de l'une des cabines. Après un moment d'hésitation, je frappe doucement contre la cloison.

— Il y a quelqu'un ?

— Je… oui. Oui !

Je reconnais la voix aiguë de Sonia. Après quelques secondes, un bruit de chasse d'eau retentit et elle sort. De longues traînées noires strient ses joues pâles.

— Est-ce que ça va ?

Ses doigts aux ongles rouges essuient les larmes.

— Ça a l'air d'aller ?

Elle marque un temps d'arrêt, lève la tête et contemple son reflet dans le miroir mural.

— Ça ne va pas du tout.

— Qu'est-ce qui t'arrive ?

— Je suis encore tombée sur un connard ! Je…

Sa phrase est interrompue par un énorme sanglot. Elle se laisse glisser le long de la porte sans se soucier de sa jupe courte qui me donne une vue imprenable sur ses cuisses. Je m'agenouille sur le carrelage blanc et ma main se glisse dans la sienne.

— Ça va aller, dis-je avec le plus de conviction possible.

J'aimerais tellement y croire moi-même.

— On a dansé hier, j'ai bu… un peu trop, sûrement. Il est mignon, alors, tu comprends…

Oh, non. Se peut-il qu'elle parle de Raphaël ?

— Mais tout le monde ici sait pourtant que Seb est la dernière des enflures !

Sébastien ? Une vague de soulagement me submerge.

— Il a quitté mon appart ce matin en me disant que c'était juste comme ça, continue-t-elle avec hargne, pour s'amuser. Et là, il est passé devant l'accueil sans même m'accorder un regard ! Comme si je n'existais pas !

Dans la détresse de cette pauvre fille, je me revois il n'y a pas si longtemps, ravagée par les conséquences de ma dernière relation avec Timothée. Sa haine fait écho à la mienne. Cette colère toujours présente, ces cendres qui redeviennent si vite braises.

— Tu as couché avec lui ?

Elle confirme d'un hochement de tête.

— OK, alors je pense que je ne t'apprends rien, mais, au travail, ce n'est jamais une bonne idée.

— Je sais bien ! Mais j'en avais marre, j'étais désespérée… Mon ex n'est qu'un gros con qui passe sa vie à choper des meufs de seize ans en boîte. Et pourtant je n'arrive pas à l'oublier ! Et quand j'essaie, voilà, c'est la cata…

Les larmes coulent de nouveau à flots. Un fil très épais part de sa poitrine pour se perdre je ne sais où. Peut-être ce qui la rattache à cet ex. Sonia a si peu de liens dans sa vie. Celui avec Sébastien n'apparaîtra sans doute même pas. Comme c'est triste. Se livrer à quelqu'un qui vous oublie dès le lendemain, qui vous raie comme une erreur, un accident de parcours.

— Allez, relève-toi…

Je l'aide à se hisser sur ses talons hauts. Elle remet de l'ordre dans sa chevelure blonde, puis m'adresse un sourire encore teinté de tristesse, mais un sourire quand même.

— Désolée de t'avoir embêtée avec ça.

— Ne t'inquiète pas.

— J'ai été conne, c'est tout.

— Ça nous arrive à toutes de tomber dans ce genre de panneau.

Je lui fais un clin d'œil, puis retourne à mon poste. Quelques minutes plus tard, l'icône de la messagerie interne clignote.

Sonia Moison : Merci encore !

Alice Duval : Ne t'en fais pas, tout ira bien. Si tu as le courage, demande-lui une explication, mais sinon fais profil bas.

Sonia Moison : Tu as raison☺

Du coin de l'œil, j'observe Sébastien. Ce dernier ne lâche pas son clavier et, vu son petit sourire en coin, il raconte ses ébats d'hier à ses collègues. Sonia, ou comment se faire griller en quelques jours. La rumeur va très rapidement se répandre de pause-café en pause-café.

Elle a joué. Elle a perdu.

Voilà un jeu auquel je n'ai pas l'intention de prendre part.

***

— Le train numéro 3560 à destination de Marseille va entrer en gare. Veuillez vous éloigner de la bordure du quai, s'il vous plaît.

Me voici debout dans la gare de Lyon, au milieu des gens pressés et des pigeons envahissants. Un sac sur l'épaule, des lunettes de soleil dans les cheveux, je pars. J'ai réservé mes billets hier soir, à la dernière minute. Pas envie de passer le week-end des fêtes seule dans mon appartement parisien. Mes parents m'ont bien proposé de venir les voir en Guadeloupe, mais je n'en ai ni le besoin ni les moyens. Ils ont déménagé sur leur très chère île il y a maintenant un an. Après la mort de ma grand-mère, ma mère tenait à repartir de zéro. Mon père a pris sa retraite anticipée et ils sont partis tous les deux.

J'ai besoin de changer d'air, mais pas d'aller à l'autre bout du monde. Juste de retrouver les morceaux de moi, éparpillés un peu partout. Depuis le silence de John, il ne reste plus que ces fils lumineux, mais où mènent-ils ? Pourquoi les suivre ? Je ne sais plus. Ma méfiance m'abasourdit.

Voiture 18. Place 47. Un sourire, et un homme hisse mon sac sur le porte-bagages. Je m'installe, feuillette une revue féminine. Les icônes de papier glacé renvoient leur insolente perfection, lignes et lèvres photoshopées, breloques et robes valant une petite fortune. Toutes ces pages crient : « Achetez-moi si vous voulez ressembler à cette beauté. » Et le pire, c'est que ça marche, comme en témoignent mon vernis à ongles corail et mes escarpins à talons tendance. Des accessoires pour être un peu ces filles imaginaires.

Le paysage défile à toute allure. Seulement trois heures me séparent de la mer de mon enfance, trois petites heures pour retrouver la gamine que j'étais. La petite Alice qui marchait dans le sable avec son meilleur ami Jonathan. Leurs rires clairs résonnent encore dans mes oreilles, ceux d'une époque où les adultes sont une barrière contre un monde hostile. Où tous ces êtres si grands, si affairés, semblent savoir ce qu'ils font, où ils vont. Mais la dure réalité, c'est que, souvent, ils l'ignorent. J'aimerais parfois retrouver la petite fille que j'étais, la serrer dans mes bras, sans rien dire. Juste lui transmettre tout mon amour.

Mais Merveille n'existe plus.

Lorsque je descends sur le quai, la différence de température est saisissante. À Marseille, le climat est plutôt doux pour un mois de décembre. Le disque d'or du soleil flotte au-dessus des immeubles, et je me délecte quelques instants de ses rayons sur ma peau. L'air a cette senteur légèrement iodée, si particulière. Rien à voir avec Paris.

Ma main palpe la poche de ma veste. Les clés sont là. Les clés de la maison de mamie. Après un quart d'heure de bus, je me retrouve devant cette façade autrefois d'un blanc éclatant, que le temps commence à griser. Le petit jardin est livré aux herbes folles. Pourtant, le citronnier est toujours là, mélange de vert et de jaune. Qu'il est étrange de revenir ici sans ma grand-mère ! C'était elle qui ouvrait la porte, autrefois. Je la revois accueillir Jonathan, avec cette chaleur qui n'appartenait qu'à elle, toujours à proposer quelque chose à manger ou à boire, à nous offrir des jouets...

Les meubles sont recouverts de bâches en plastique. Je les arrache une à une, redonnant vie au canapé mutilé par les griffures du chat, au lit ayant accueilli mes premières étreintes amoureuses, à la table en bois gravée d'initiales. Puis je m'immobilise, les mains crispées sur le plastique. Et je pleure. Je m'autorise enfin la douleur insupportable de l'absence.

Tu me manques, mamie. Cela fait un an et demi que tu as disparu, et pourtant j'ai encore l'espoir que tu resurgisses du jour au lendemain. Mais cela n'arrivera pas. Tant de choses sont irréversibles. Trop de choses. Mon regard se pose sur mon sac. Peut-être que je devrais appeler John. Non. Il a été très clair.

Maintenant, il est marié. Il vit en Bretagne avec Charlotte.

Toi aussi, mon cher John, tu avais besoin de te rapprocher de cette mer qui a bercé nos premières années. Et moi, qu'est-ce que j'ai choisi ? Une cité glaciale et bétonnée, où l'on ne voit ni l'horizon ni les étoiles. Comme si tout était floué, masqué.

Je quitte la maison aussi vite que j'y suis entrée, avec l'envie irrésistible d'aller voir la Méditerranée. Après un nouveau trajet en bus, me voilà enfin devant cette étendue bleue sur laquelle le soleil jette des éclats irisés. La plage noire de monde en été est aujourd'hui déserte. Seul un promeneur marche sur le ruban de sable, son terre-neuve s'amusant à courir à la rencontre des vagues. Un fil lumineux danse entre eux. Il s'agit d'un lien puissant. Bien plus que ceux qui relient certains êtres humains censés s'aimer. Cela fait éclore un sourire sur mes lèvres. J'aime ces chiens dressés à secourir les personnes en danger. Si j'avais un chien, peut-être me sauverait-il de la noyade ? Parce qu'en fait, pour tout dire, je crois que je suis en train de couler. J'ai beau avoir pris un nouveau départ et m'investir dans ce travail, je ne suis pas en sécurité pour autant.

J'ôte mes chaussures à talons. Qu'il est bon de sentir le sable sous mes pieds. Je suis reconnectée au monde. À ma place devant cette immensité bleue et mouvante.

Être déracinée. Je n'avais jamais saisi le sens de cette expression. Peut-être ai-je été trop longtemps arrachée à cet endroit, ce monde de soleil et de couleurs dans lequel j'ai grandi, ce monde où tout était si simple. Il y a des années de cela, au même endroit, deux enfants insouciants riaient et aimaient, se trouvaient beaux. Ils étaient heureux d'être là, bien ancrés dans la vie, une multitude de possibles planant au-dessus d'eux sans même qu'ils en aient conscience.

Et maintenant quoi ? J'ai vingt-quatre ans. Vingt-quatre années, un grain dans le sablier géant du temps à l'écoulement infini. Et depuis que je vois ces fils lumineux, depuis que les relations entre mes semblables n'ont plus de secret pour moi, je n'ai rien fait d'autre que de les briser. Je les ai forcés à ouvrir les yeux sur le tissu de mensonges dont est faite leur existence. Ai-je vraiment libéré ces femmes en leur jetant tout cela au visage ? Je ne sais pas. Je ne sais plus. J'ai juste fait ce que j'aurais voulu qu'on fasse pour moi. Maintenant, je ne peux plus.

Dis-moi, Raphaël, pourquoi je ne peux pas voir tes liens, à toi ?

Passé
4 juin 2010

— N'aie pas peur.

Plus facile à dire qu'à faire, John. Ce n'est pas toi qui vois ces… *choses*.

J'ai rendez-vous pour toute une série d'examens. Sur mon bras, le pansement de la récente prise de sang qui m'a fait un mal de chien. Évidemment, l'infirmière a dû s'y prendre à plusieurs reprises avant d'avoir une belle veine bien gonflée. Peut-être qu'ils vont trouver une anomalie. Un parasite. Une substance qui ne devrait pas être là. Qui sait ?

— J'ai faim, murmuré-je.

— Il faut être à jeun, me rappelle-t-il.

— Je sais bien…

— Mademoiselle Duval ?

De petite taille, le ventre proéminent malgré sa large veste blanche, le médecin me tend une main rassurante.

— Veuillez entrer. Souhaitez-vous que votre petit ami vous accompagne ?

— Oui, s'il vous plaît, dis-je sans chercher à rectifier.

Si John est mal à l'aise, il se garde bien de le montrer. Derrière une baie vitrée se trouve une table qui coulisse dans un anneau.

— Ne craignez rien, me rassure le médecin. C'est simplement un scanner. Il n'y a rien de douloureux.

— Vous allez pouvoir voir mon cerveau…

— C'est cela. Êtes-vous enceinte ?

— Non.

— Avez-vous des implants métalliques ?

— Non plus.

— Des bijoux ?

— J'ai déjà tout retiré.

— Bien.

Je ne me suis pas étendue sur la nature de mon problème, j'ai simplement dit que je voyais des choses étranges. L'ophtalmologiste m'a appris que cela pouvait venir d'une déchirure rétinienne, laquelle provoquerait des flashes de lumière. Il m'a expliqué que beaucoup de gens voyaient comme des filaments, ce que l'on appelle les corps flottants du vitré. Mais je n'ai rien de tout cela. Aucun problème de vue. Pas de rétine décollée. Et ce que je vois, ce n'est pas ça. J'en suis sûre.

Je m'installe sur la table, les bras le long du corps. Le médecin me glisse une sonnette dans la main.

— Ne vous inquiétez pas. Surtout, il faut que vous vous sentiez à l'aise, et ne pas bouger une fois dans l'appareil. Si vous avez besoin de quoi que ce soit, vous pouvez nous appeler en pressant la sonnette.

— Très bien.

John m'adresse un petit signe de la main derrière la vitre. Puis la table entre à l'intérieur de l'anneau. Je ferme les yeux. Ne pas paniquer. Respirer.

Tout ira bien.

La rotation de la machine est assez bruyante. Après dix minutes, je sors de la cabine.

— Vous aurez les résultats dans deux jours, me dit le médecin.

Deux jours avant de savoir si j'ai un problème au cerveau. C'est la seule hypothèse valable.

Et, tandis que je me le demande, une autre médecin entre dans la pièce. Un fil s'épaissit à mesure qu'elle s'approche de son collègue.

— Tout s'est bien déroulé ?

— Oui. Tu prends la suite ?

— Bien sûr. Va déjeuner.

Ils échangent un regard pétillant. Ils sont amoureux. C'est tellement évident.

— Merci pour tout, dit John.

— Pas de problème. J'espère que nous allons repérer ce qui ne va pas.

— Moi aussi, affirme-t-il.

Nous retournons dans les couloirs immaculés de l'hôpital. Une femme sans âge somnole dans un fauteuil roulant, une perfusion sur le dos de la main, attendant que l'on s'occupe d'elle. Un homme d'une quarantaine d'années enlace son fils, qui comprime son bras contre sa poitrine. Cet endroit irradie la détresse et la mort. De désespoir. Comment John trouve-t-il le courage d'y travailler tous les jours ?

— Sortons vite, le pressé-je.

Nous arrivons sur le parking de l'hôpital. La température est froide pour un mois de juin, et il pleut des cordes. N'étant pas équipés de parapluie, nous courons tous deux jusqu'à sa voiture d'un gris métallisé. Une fois sur le siège avant, j'abaisse le miroir pour voir ma chevelure brune devenue d'un noir de jais à cause de l'eau. Les gouttes coulent abondamment le long des vitres, masquant la vue du grand bâtiment blanc. Après un instant de flottement, je prends la parole :

— Merci de m'avoir accompagnée.

Mon ami d'enfance ne dit rien, tripotant songeusement ses clés.

— Qu'est-ce qu'il y a ? demandé-je en me rapprochant.

— Je suis inquiet pour toi, Merveille.

Je me laisse aller dans le siège. Seul le crépitement des gouttes contre le toit de la voiture vient briser le long silence qui s'installe. Un de ces silences pleins de mots qui ont besoin d'être prononcés. Je regarde le rayon lumineux qui part du plexus solaire de John pour rejoindre le mien. Il est si fort. Je suis certaine que ces fils reflètent notre attachement mutuel. Comment expliquer cela ?

— Je suis désolée si tu te fais du souci, dis-je doucement.

— Ce que tu racontes…

Il se tait brusquement et passe sa langue sur ses lèvres fines.

— C'est un peu… bizarre, tu vois ?

— Je n'y peux rien. Je te jure que je n'invente pas.

— Je te crois. Peut-être que tu as une sorte de… Tu sais, de pouvoir. Comme dans les dessins animés qu'on regardait quand on était petits. Superman…

— *Les Aventures de Loïs et Clark*, c'était bien mieux que le dessin animé !

— C'est clair.

— Quelle dinde, cette Loïs, quand même ! Incapable de voir que son collègue et le super-héros dont elle est folle sont la même personne, juste à cause d'une paire de lunettes.

John éclate de rire. Soudain, son portable émet une sonnerie. « The Wall », de Pink Floyd. Son groupe préféré. L'écran affiche le nom de Charlotte.

— Tu ne réponds pas ?

Il appuie sur la touche au téléphone rouge, puis tourne sa tête vers moi.

— Non.

— Pourquoi ?

Je vois alors dans son regard vert quelque chose que je n'avais encore jamais décelé. Une lueur. La même lueur que celle que j'ai vue entre les deux médecins. Il retire sa ceinture de sécurité et s'approche de moi. Je m'apprête à ouvrir la portière, mais il m'en empêche en posant sa main sur la mienne.

— Merveille...

— Quoi ?

— Est-ce que tu sais que, quoi qu'il arrive, je serai là pour toi ?

Un sourire triste s'esquisse sur mes lèvres.

— J'aimerais bien, mais je sais que tu as d'autres priorités.

— Tu parles de Charlotte ?

— Oui. Elle ne doit pas trop apprécier tout ça...

— « Tout ça » quoi ?

— Que tu passes autant de temps à m'aider.

— Je ne lui dis pas que je suis avec toi.

Cette nouvelle me glace d'effroi. Qu'est-ce que je suis en train de faire ?

— Pourquoi tu ne lui dis pas ? demandé-je d'une voix tendue.

— Elle n'a pas besoin de savoir.

— Peut-être que si.

Il pousse un soupir exaspéré.

— Tout le monde n'est pas comme toi, Alice. Tout le monde n'éprouve pas forcément le besoin de contrôler la vie des gens !

— Qu'est-ce que tu veux dire par là ?

Il se réinstalle et enclenche le contact.

— Qu'est-ce que tu veux dire ? m'énervé-je.

— Rien. Rien du tout.

— Non, va au bout de ta pensée.

John démarre. Il regarde à droite, à gauche, puis finit par s'insérer entre deux voitures. Après un coup d'œil dans le rétroviseur, il répond :

— Tu as toujours été quelqu'un de très possessif.

— Ah.

— Tu ne supportes pas que les personnes que tu aimes aient un jardin secret. Tu voudrais la vérité, et toute la vérité. Seulement, il n'est ni possible ni conseillé de tout révéler au grand jour. Il faut parfois simplement laisser à l'autre sa liberté.

Ce jugement me transperce comme un couteau. J'en ai le souffle coupé.

— Tu ne dis rien ? demande-t-il.

— Non.

Les larmes me montent aux yeux.

— Je sais que tu as souffert, poursuit-il. Tu es tombée sur un beau connard.

— Oui, jamais je n'aurais cru Tim capable de tout ça…

— Je ne parle pas de Tim.

En l'espace d'une seconde, John vient de rouvrir une plaie oubliée. Une plaie reniée.

— Tu retournes là-bas, parfois ? Tu revois Morgan ? Il avait l'air plutôt sain, lui.

Ne pas entendre.

— Alice, tu n'en parles jamais, mais je sais que ça a été terrible. Je voulais…

— Chut.

— Je voulais t'empêcher de prendre ce maudit train, ce train du vendredi soir. Tu étais si jeune !

— Ramène-moi à la maison.

Je me concentre sur le paysage strié de pluie pour contrôler mon envie de pleurer.

Chapitre 5

Oublier

Présent
30 décembre 2011

En cette période de fête, les bureaux sont déserts. Les employés de Linker ont tous pris des vacances pour rejoindre leurs familles et profiter d'un repos bien mérité. L'open space me paraît très calme sans les rires de Romain. Quelques stagiaires, main-d'œuvre bon marché, corvéable à merci et n'ayant même pas droit à un jour de repos, passent de temps à autre. À mon étage, seuls Sébastien et Raphaël sont comme moi : fidèles au poste. Étrangement, mon manager est tout sourires en ce moment.

— Je crois que j'ai trouvé un candidat potentiel pour l'offre de Grenade.

— Ah ? demande-t-il. Je peux voir le CV ?

— Bien sûr.

Il fait le tour de la table et vient regarder mon écran, se penchant par-dessus mon épaule. Immédiatement, son parfum m'assaille, une fragrance puissante, une marque de luxe.

— Intéressant. Bon travail, Alice. Maintenant, il faut que tu l'appelles pour le cuisiner.

— C'est parti.

Nous suivons une méthodologie bien précise, récapitulée sur une feuille que je n'ai même plus besoin de lire à présent.

— Allô, monsieur Langlois ?

— Oui ?

— Bonjour, Alice Duval, je travaille pour un cabinet de recrutement en approche directe. Est-ce que je vous dérange ?

— Euh… Non, non.

— Je me permets de vous contacter suite à l'identification de votre CV sur Viadeo. J'aurais aimé faire le point avec vous sur votre parcours professionnel et éventuellement vous proposer une opportunité de carrière. Est-ce le bon moment ? Pouvez-vous parler librement ?

— Oui, tout à fait.

— Dans ce cas, je vous propose dans un premier temps de m'expliquer vos différentes expériences, afin que je cerne davantage votre profil. Par la suite, je vous présenterai plus précisément le poste pour lequel je vous appelle.

Ensuite, viennent les sempiternelles questions : Aujourd'hui, êtes-vous à l'écoute du marché ? Où en êtes-vous ? Que recherchez-vous en termes d'évolution de carrière ? Avez-vous des préférences en termes de secteur d'activité ? Quelles sont vos exigences ? Quelles sont vos prétentions salariales ? Avez-vous déjà certaines pistes ?

Après avoir fait un laïus de quinze minutes sur le poste et fixé la date d'entretien, je raccroche.

— Alors ? me demande Raphaël.

— Je pense que c'est plutôt bien parti. Espérons qu'il n'annule pas le rendez-vous.

— Allons fêter ça à la crêperie. Sébastien, motivé ?

— Toujours !

J'attrape mon sac à main, et nous quittons tous trois le bâtiment. Pour une fois, le comptoir du rez-de-chaussée est vide. La crêperie en question est à dix minutes à pied. Difficile d'imaginer un endroit plus féminin : la tapisserie mauve est parcourue de motifs fleuris, les tables rondes sont cernées de fauteuils aux coussins rebondis, des lampes en forme de corolles pendent au plafond. Malgré les nombreux départs en cette période de fête, un brouhaha joyeux s'élève. Notre trio se blottit dans une alcôve. La serveuse, une petite brune au sourire mutin, s'approche de nous.

— Oh, bonjour, monsieur Noiral, le salue-t-elle d'une voix mielleuse.

— Comme d'habitude pour moi, répond-il sans toucher à la carte.

— Une texane, très bien. Et vous, messieurs dames ?

— Une norvégienne, s'il vous plaît.

— Une texane aussi, ajoute Sébastien.

La jeune femme nous débarrasse des menus et retourne en cuisine.

— Alors ? demande Raphaël de but en blanc. Avec Sonia ?

Sébastien ébauche un sourire plein de sous-entendus. Je me sens soudain totalement déplacée dans cette conversation.

— Honnêtement ? Pas terrible.

— J'en étais sûr. Cette nana est vraiment trop rentre-dedans. Elle me fait du gringue depuis son arrivée…

Eh bien, en voilà un qui n'est pas dupe, en tout cas. Il se tourne vers moi et prend un air d'excuse.

— Désolé, avec Seb, on part assez vite dans nos discussions masculines…

— Pas de problème, c'est surtout Sonia que je plains, là.

— Il ne faut pas la plaindre, répond-il gravement. La seule dynamique de sa vie, c'est son orgueil démesuré. Elle a simplement des choses à se prouver à elle-même. C'est vulgaire et sans intérêt.

La sentence est tombée. L'espace de quelques secondes, je revois le visage ravagé par le chagrin de la secrétaire.

— Je te trouve injuste, répliqué-je vivement. Tu la connais si bien pour émettre ce genre de jugement ?

— Ce sont des choses qui se sentent, Alice. Crois-moi. Il n'y a rien de vrai chez elle, rien de… viscéral. Elle ne se soucie que de son image, de l'homme qui sera à la fois le portefeuille qui pourra combler les lacunes du sien, et le sac à main qui la mettra en valeur.

— Ah, c'est bien mon Raph, ça !

La serveuse pose des bols sur la table, puis les remplit de cidre. Sébastien lève le sien dans notre direction.

— Eh bien, à cette journée calme et reposante !

— À la vôtre.

Nous trinquons.

— Dis-moi, Raph, reprend son collègue, pourquoi tu n'es pas rentré à Aix-en-Provence avec Laëtitia ?

L'intéressé a un haussement d'épaules impossible à déchiffrer.

— Je n'avais pas très envie d'assister à leurs grandes fêtes de famille. Je lui ai dit que j'avais beaucoup de travail.

— Son cher papa n'a pas râlé ?

— Non, pas du tout. Il ne va pas en vouloir à son gendre de tenir la maison quand il part se dorer la pilule, j'imagine.

La faille béante apparaît au grand jour. Quel genre de futur époux ne se rend pas dans sa belle-famille pour les fêtes, prétextant avoir trop de travail ? Cette dénommée Laëtitia a trouvé un bien étrange fiancé. Peut-être que tout cela est véritablement une imposture, et qu'il l'utilise uniquement pour bénéficier de l'ascenseur social.

— Qu'est-ce qu'il y a ? me demande-t-il.

— Rien. Pourquoi ?

— J'ai eu l'impression que tu me regardais avec insistance...

— Désolée, j'étais perdue dans mes pensées.

— Une peine de cœur ?

J'ai un froncement de sourcils incontrôlable.

— Pourquoi cette question ?

— Par curiosité, tu ne dis jamais grand-chose sur toi, alors...

Ma première envie est d'inventer un joli mensonge à leur donner en pâture. Une vie de couple idéale, un équilibre imaginaire. Seulement, ce serait trop compliqué à assumer tous les jours. Tous deux se livrent et parlent franchement. Il est temps d'abattre les murailles.

— Je n'ai personne en ce moment, donc pas de préoccupations de cet ordre.

Les deux hommes restent muets. Sont-ils étonnés par le détachement avec lequel je réponds ? Raphaël reprend avec un grand sérieux :

— C'est justement quand on est célibataire que l'on est le plus préoccupé sentimentalement, non ? La relation acquise est rassurante, la plupart du temps…

— On peut être en sommeil, répliqué-je avec un petit sourire.

— Si tu veux trouver quelqu'un pour te réveiller, tu trouveras. Tu es une jolie fille.

Je sens le feu me monter aux joues. Il a dit cela en me regardant droit dans les yeux, avec une bienveillance infinie. Sincère.

— Et puis, ajoute-t-il, tu es loin d'être bête. Tu pèses tes mots. C'est assez rare pour être signalé. J'ai l'impression que tu comprends bien les gens en général, ou en tout cas leurs interactions, ce qui se tisse entre eux.

Sa remarque me glace soudain. Je passe du chaud au froid. Ce qui se *tisse*. C'est tellement troublant qu'il emploie ce verbe.

— C'est gentil.

Sébastien émet un raclement de gorge gêné. La serveuse dépose les assiettes sur la table.

— Bon appétit !

— Merci.

Je plonge le nez dans mon assiette pour tenter de dissimuler mon embarras, prise d'une fascination soudaine pour le saumon.

— Ce serait sympa d'aller boire un verre un de ces quatre, propose Sébastien.

— Pas un de ces quatre, réplique Raphaël, ce soir. Après, je ne serai plus disponible.

— Ce soir ? m'étonné-je.

— Pourquoi pas ? continue mon supérieur. C'est l'hiver, tout le monde est en vacances… On a bien le droit à un petit moment de détente en dehors du boulot.

Bien sûr, cela aurait été n'importe qui d'autre, j'aurais dit non. Mais cette occasion est à saisir. Ma curiosité d'en savoir plus sur ce curieux personnage me pousse à sortir de ma carapace fabriquée avec les débris de ma vie. Un blindage d'acier un peu bancal, bourré de failles, mais plutôt efficace.

— D'accord, dis-je. Vous avez une idée du lieu ?

Passé
16 juillet 2010

La musique cogne au rythme de mon cœur. Boum. Boum. Boum. Tympans saturés. Ma main s'empare du cocktail que le barman me tend. Qu'est-ce que j'ai commandé, déjà ? Mes lèvres viennent épouser la paroi du verre. Menthe. Rhum. Ah oui, un mojito. Quelques gorgées pour fermer mon esprit, couper la route à la douleur. Juste un peu d'ivresse et de vide pour renier celle que j'étais. Tim. Dès que l'alcool afflue dans mes veines, je n'ai qu'une seule envie : l'appeler, savoir comment il va. Mais non. Je dois résister. Depuis plus d'un mois, il me laisse des messages désespérés, réclame un signe de vie, une explication.

Non.

Qu'il aille se consoler entre les seins de Marine ou de je ne sais qui d'autre. Depuis le temps, il doit y avoir de nouveaux numéros dans son répertoire, de nouvelles filles charmantes à conquérir. Je ne suis plus qu'un nom dans sa liste et, si je ne peux pas être le seul, je préfère n'être rien. Alors j'enchaîne les soirées pour chasser son fantôme, pour tuer mon besoin de lui. Oublier son odeur, la remplacer par celle d'un autre. N'importe qui, du moment qu'il me plaise. Ce soir, je suis une proie facile, une proie déjà affaiblie.

— Tu veux danser ? crie un gringalet blond.

— Vas-y, je te rejoins.

Je lui lance mon sourire le plus pur, le plus rassurant. Il m'abandonne à regret et rejoint la piste de danse sans me quitter des yeux. Merci pour le verre, mais si tu t'imagines que tu vas poser les mains sur moi ce soir, tu rêves ! Trop maigre. Voix éraillée. Et puis, tu as quel âge, au juste ? Dix-sept ans ? Non. Il me faut quelqu'un d'autre. J'ai mal, mais je ne suis pas désespérée.

Une boîte de nuit est un monde étrange. Tout se déroule en clair-obscur. Les tenues affriolantes et le maquillage outrancier ne choquent personne. Bien au contraire. Plus on dévoile de chair, mieux c'est. La piste de danse se déploie devant moi comme une toile irisée. Ici, c'est le paradis des liens ténus et éphémères. Un ballet incroyable où les fils se lient et se délient à une vitesse vertigineuse. Les corps se frôlent, se touchent. Pas besoin de parler, tout se déroule dans l'assourdissement. Je termine mon verre et me concentre. Il faut que je mette de côté ma vision surnaturelle. Celle qui ne part pas, qui reste collée à mes rétines en dépit de tous les spécialistes que j'ai consultés.

Tout va très bien pour vous, mademoiselle.

Mais bien sûr... Si vous pouviez voir ce que je vois...

J'abandonne mon verre sur le comptoir et rejoins les danseurs endiablés. Il suffit de bouger au rythme d'une musique qui est toujours la même dans ces endroits. Boum. Boum. Boum. Mes yeux se ferment pour arrêter de voir les milliers de filaments mouvants. Quelqu'un se colle contre moi. Je lève la tête. Son profil conquérant se découpe dans les lueurs alternativement rouges, vertes et violettes. Le menton volontaire, les lèvres pleines, la mâchoire carrée. Je laisse sa main glisser sur ma hanche.

— Comment tu t'appelles ? crie-t-il pour couvrir la musique.

Vite. Un nom. Trouver un nom.

— Laura. Et toi ?

— Cyril.

Nous dansons face à face. Un lien lumineux s'approche de moi. Vertige. L'alcool monte à toute allure. Je me laisse aller dans ses bras fermes et musclés. Une onde de soulagement me submerge. Il sent bon. Son tee-shirt est doux. Sa bouche cherche la mienne avec avidité. La trouve. Nous échangeons nos souffles sans nous arrêter. Combien de temps ? Une minute ? Une heure ? Ses dents mordent ma lèvre inférieure. Aïe. Je m'éloigne.

— Où tu vas ? demande-t-il.

— Il est tard. J'habite en région parisienne. Je ne veux pas rater le dernier RER…

Il me retient et me plaque contre lui.

— Moi, j'habite à Paris même. T'inquiète.

Ses lèvres s'approchent de nouveau. Je les laisse venir. Je les laisse me dévorer. Chaque baiser me brûle, brûle les souvenirs avec Tim. La main de Cyril s'aventure sur ma jambe. Ma robe déjà très courte remonte dangereusement sur mes cuisses. Il est entreprenant. Droit au but.

— Tu veux encore danser ? crie-t-il à mon oreille.

— Pas forcément.

Il m'entraîne à sa suite. Nous laissons derrière nous la piste de danse, et tous les déçus qui ont tenté leur chance en payant des verres. Eh non, pas de retour sur investissement, ce soir. Je récupère ma veste et mon sac à main au vestiaire. Nous quittons la boîte de nuit main dans la main.

Dehors, je peux enfin voir le visage de Cyril à la lumière crue des lampadaires. La pénombre n'était pas mensongère. Il est vraiment séduisant. Ses yeux en amande sont ourlés de cils noirs et délicats qui lui donnent un air à la fois viril et doux.

— Par ici.

Nous nous engouffrons dans la bouche de métro. Je le suis comme si c'était une évidence, comme si je savais où nous allions. Je ne connais absolument rien de cet homme. Et je m'en fiche. Nous arrivons sur le quai. Le panneau indique six minutes d'attente. Que va-t-on bien pouvoir se raconter ? Il me dévisage et sourit.

— Ce n'est pas vraiment mon genre de faire ça, avoué-je.

Il caresse ma joue avec une affection étrange, presque indulgente.

— J'habite dans le Ve, près du Panthéon. C'est sympa.

Est-ce qu'il s'appelle vraiment Cyril ? Ou bien est-ce qu'il ment, tout comme moi ? Je n'ai jamais fait ça avant. Tricher. Me déguiser. Cela me semble si facile, en fin de compte. C'est comme être devant l'autre en ayant érigé un mur, une défense qui ne pourra pas tomber. Parce que tout est faux et que rien ne peut plus s'aventurer là où ça fait mal, là où ça brise.

— Je te suis, dis-je.

Un long silence embarrassant s'étire. Pour l'interrompre, sa langue s'aventure de nouveau dans ma bouche. Le métro arrive, faisant voleter les pans de ma petite robe rose saumon. Dans la rame, les gens nous regardent avec une certaine tendresse, comme si nous étions un couple de jeunes amoureux leur rappelant la beauté de faire la route à deux. Pourtant, il y a une heure, nous ne connaissions absolument pas.

Son appartement est très grand. Une vraie garçonnière avec des affaires éparpillées un peu partout : des chaussettes, des consoles de jeux vidéo, des étagères où s'alignent des figurines kitch des mangas des années 1980.

— C'est joli, dis-je pour meubler.

Il ôte ma veste avec galanterie et la suspend au portemanteau.

— Mon coloc n'est pas là. On a l'appart pour nous deux.

Je me laisse de nouveau aller dans ses bras. Nous basculons sur le canapé. En quelques minutes, nous sommes nus l'un contre l'autre. Il se relève un peu et contemple mon corps avec un sourire plein de promesses.

— Tu es magnifique.

J'ai toujours un peu le vertige. L'alcool ou l'émotion, je ne sais pas. Mais je suis brillante. Rayonnante. Il descend entre mes cuisses. Je bascule ma tête en arrière.

La nuit est une déferlante de sensations, une fièvre qui ne s'épuise que lorsque l'aube pointe. Lorsque je me réveille, nous sommes dans son lit. Un poster de *L'Empire contre-attaque* me fait face, au-dessus d'un ordinateur en veille. Il me serre fort, très fort, même pendant son sommeil. Je me sens bien. Heureuse. Pourtant, une évidence m'apparaît. Je n'ai pas envie de partager le petit déjeuner avec lui, ni quoi que ce soit.

Je veux juste rentrer chez moi, retrouver mon studio, mon lit. Mon intimité. J'ai besoin d'être seule, réellement seule. Une chose est certaine : lorsque j'aurai franchi le seuil de cet appartement, Cyril et moi ne nous reverrons plus jamais.

Je me lève sans un bruit, m'empare de mon sac à main et passe dans le salon. Mes vêtements rassemblés, je vais dans la salle de bains. Je ferme la porte à clé au cas où il tenterait de m'y rejoindre. Un grand lavabo en marbre impeccable, des produits alignés sur une étagère, des serviettes propres pliées sur la machine à laver… Ils sont plutôt soigneux, pour deux garçons. La baignoire est immaculée, sans aucune trace suspecte.

La sensation de l'eau chaude glissant le long de ma peau me fait un bien fou. Je ferme les yeux et savoure. En tournant le robinet, mes doigts frôlent quelque chose. Un élastique bleu pâle. Je rétracte ma main comme si quelque chose m'avait brûlé. Autour de moi, shampoing à la camomille, gommage pour le corps à la cerise…

Il y a une fille qui vient ici. Qui se douche ici. Peut-être la petite amie de son colocataire ? Mes lèvres esquissent un sourire triste. Non. C'est un jeune homme attirant, qui sort le samedi soir et ramène quelqu'un. C'est *sa* petite amie.

— Laura ?

Sa voix me parvient de façon étouffée derrière la porte. Je fronce les sourcils. Ah, oui, c'est le faux nom que j'ai donné.

— Oui ?

— Qu'est-ce que tu veux pour le petit déjeuner ? Thé ou café ?

— Hum… Thé.

— OK. Je vais chercher des croissants en bas, je reviens dans cinq minutes.

— D'accord.

Je ne sors de la salle de bains que lorsque j'entends se refermer la porte d'entrée. J'enfile ma robe et retourne dans sa chambre. Je jette un regard circulaire aux alentours à la recherche d'un indice. Rien sur la table de chevet. Rien dans les placards. Son ordinateur est en veille. J'agite la souris. Un fond d'écran apparaît, celui d'un groupe d'amis autour d'une table, dans un bar. Il a passé son bras autour des épaules d'une petite blonde au visage poupin. Cela ne veut rien dire, Alice. Pas encore.

Je clique sur l'icône en forme d'enveloppe dans la barre des tâches. Pas de demande de mot de passe. Crétin. Les e-mails défilent. Olivier. Olivier. Sandra. Sandra. Sandra. Sandra… Sandra est partout. J'ouvre le dernier e-mail de sa part.

De : Sandra Thierry
À : Cyril Guillaume
Objet : Re : Enfin arrivée !

Coucou bébé,

C'est bon, je suis enfin arrivée à Barcelone. Il fait super beau. Papa est venu me chercher à la gare comme prévu, il y avait l'autre… Comme d'hab, fringuée en mini-short, il faudrait que quelqu'un lui explique qu'à cinquante ans, c'est carrément déplacé de s'habiller comme ça. Bref ! Tu me manques beaucoup, j'espère que tu t'es bien amusé hier avec Toto et Fab. Tu me manques... ☹

Bisous bisous

Ta petite chérie.

Je pousse un profond soupir. Quel gâchis ! Le pire, c'est que je ne parviens même pas à être déçue. C'est triste, mais d'une banalité qui n'éveille en moi qu'un profond sentiment de lassitude. Pauvre Sandra. Je la vois soudain sous le ciel d'Espagne, s'amusant avec insouciance, pensant que son petit ami l'attend sagement. Ou bien peut-être que, au contraire, tout cela n'est qu'une comédie pour elle aussi et qu'elle s'amuse à son tour. Tout est possible.

Je ferme la fenêtre.

M'en aller. Il faut que je m'en aille. Bientôt, cette fille reviendra de ses paisibles vacances et leurs corps s'uniront de nouveau, comme si je n'avais pas existé, comme si je n'avais été qu'un fantôme entre eux. Une présence que l'on devine peut-être, sans trop savoir comment, mais sans aucune preuve tangible de son existence.

Il y a sûrement eu des fantômes entre Tim et moi. J'aurais aimé le savoir.

À cette pensée, une flammèche de colère s'allume. Grandit.

Je ne connais pas Sandra. Mais je peux peut-être lui offrir ce que je n'ai pas eu.

Je note son adresse e-mail.

Chapitre 6

Ombre et lumière

Présent
30 décembre 2011

Nous avons trouvé un bar indien en bas du bureau. Murs imitation boiseries. Bougies rouge et or pour une ambiance tamisée. Danseuses en sari qui défilent sur les écrans. Nous nous installons tous les trois sur une estrade, au fond du bar. La table basse nous oblige à nous asseoir sur des poufs multicolores. Je retire mon manteau et mon écharpe.

Un serveur à la peau brune s'approche aussitôt de nous, affichant des dents à la blancheur perlée.

— Qu'est-ce que vous désirez ?

— Une pinte, commande Raphaël.

— Deux.

— Un mojito pour moi, dis-je.

Il retourne derrière son comptoir en fredonnant sur la musique indienne. Je suis en face de Raphaël, qui pose ses coudes sur la table et plante son regard dans le mien. Difficile de le soutenir. Quelque chose me trouble. Il jure dans ce décor bariolé, dans cette pénombre. Je ne l'ai jusqu'ici connu que derrière un bureau ou une table de restaurant à midi.

— Qu'est-ce que vous faites pour le nouvel an, demain ? demande Sébastien.

— Je suis censé prendre le train pour Aix, répond Raphaël.

— « Censé » ? répété-je.

— Je n'ai pas très envie d'y aller.

Quel homme transi d'amour.

— Moi, je dois retrouver des amis, dis-je, mais je n'ai pas encore choisi ma soirée.

Et, à vrai dire, je ne sais pas à laquelle me rendre. Ces groupes d'amis sont ou ont été liés à Tim ou à John. Les revoir, c'est toujours laisser le passé refaire surface, sans crier gare. Certains sont presque mariés, d'autres se déchirent, d'autres encore refusent toute forme d'engagement. Ils prennent des voies souvent prévisibles, parfois inattendues. Quand nous nous revoyons, nous échangeons des anecdotes, ressassons nos souvenirs en riant. Le passé est le seul pont qui nous relie. Un pont artificiel, que l'on n'ose pas démolir.

— Je vous propose quelque chose, lance Sébastien. Ça vous dirait de venir chez moi ? Mon colocataire et moi organisons un gros truc. Il y aura des anciens de mon école, ça s'annonce assez sympa.

Une joie soudaine éclaire le visage de mon supérieur. L'homme vient de se métamorphoser en adolescent dont la seule envie est d'aller à une fête interdite.

— Carrément ! Très bonne idée !

— Et toi ? me lance Sébastien.

— Euh… je ne sais pas.

C'était une journée ordinaire, où nous parlions candidats et entretiens, et voilà que je me retrouve dans un bar avec deux de mes collègues, qui m'invitent à passer la soirée du nouvel an avec eux. Surréaliste.

— Pourquoi ? insiste Raphaël. Allez, ce sera bien. Ça changera de tes amis, j'en suis certain.

— Je vais réfléchir, d'accord ?

— Réfléchis vite, murmure Sébastien, c'est demain !

Il m'adresse un sourire chaleureux. L'image de Sonia pleurant dans les toilettes s'impose dans mon esprit. M'apprécie-t-il vraiment ? Ou bien suis-je seulement la proie de ces deux prédateurs complices ? C'est ce que mon instinct me souffle, mais je ne peux pas vérifier, étant incapable de voir la force de leur relation.

Le serveur nous apporte nos commandes. Je touille les glaçons à l'aide de ma paille, un peu nerveuse.

— Tu es une fille étrange, déclare Raphaël.

Nos regards se croisent encore. Il y a de l'électricité dans ce bleu, une touche féroce. La barrière entre personne et collègue est tombée lorsque nous sommes entrés ici. Plus rien ne sera comme avant. Cette certitude me traverse et ne s'estompe pas.

— Pourquoi dis-tu ça ?

— Tu es… différente.

Sébastien fronce les sourcils. Il semble aussi perplexe que moi.

— Peu importe. À la vôtre.

Nos verres tintent. Le son cristallin sonne comme un glas. Quelque chose est en train de se sceller ce soir.

— Au fait, me dit Sébastien, quand est-ce que tu vas rembarrer Romain ?

— Pardon ?

— C'est flagrant, il te bave dessus.

Raphaël éclate de rire. Il perd alors toute sa gravité habituelle, on dirait un enfant.

— Il est jeune, dis-je dans une vague tentative de le défendre.

— Ton indulgence ne trompe personne, Merveille.

Une lame vient de me traverser de part en part.

Ce mot, ce simple mot s'est posé sur moi et m'a brûlée.

Je bats une première fois des paupières, une deuxième fois.

— Pardon ?

— Alice, continue Raphaël. Tu t'appelles Alice, comme *Alice au pays des merveilles.*

— Je sais, mais pourquoi est-ce que tu m'as appelée comme ça ?

— Je n'en sais rien, c'est sorti, c'est tout.

Merveille.

Je déglutis avec difficulté. Cette coïncidence est incroyable, trop énorme pour être le fruit du hasard. Est-ce qu'il en sait plus qu'il ne veut bien le dire sur moi ? C'est impossible, je deviens complètement paranoïaque. Comment pourrait-il connaître mon surnom ?

— OK, bon, soupire Sébastien. Je vais fumer.

Je jette un œil dehors. Une jeune femme tire sur sa cigarette, seule, appuyée contre un Vélib'. Il ne nous propose pas de l'accompagner et s'éloigne. Raphaël et moi le regardons à travers la vitre : en quelques secondes, il engage la conversation avec la brune solitaire.

— Un sacré numéro, ce Seb, commente-t-il.

— Ça, c'est sûr…

— Il va toujours trouver le moyen d'aborder une fille, où que l'on puisse être. C'est inné.

— Sans doute.

— Ça doit être dans sa nature profonde.

— Tu crois que nous avons vraiment une nature profonde ?

— Oui. Pas toi ?

— Je pense que tout change.

— Tu as raison sur ce point.

Il termine sa bière d'une gorgée. Je ne sais pas si c'est l'alcool ou le contexte, mais son regard me semble de plus en plus pesant, intrusif. Il ouvre la bouche, mais se ravise.

— Quoi ? demandé-je.

— Non, c'est…

— Oui ?

Il plonge les yeux dans le fond de son verre vide, puis fait un signe au serveur. Ce dernier arrive aussitôt.

— Une autre pinte, s'il vous plaît.

— Très bien. Et pour vous, mademoiselle ?

— Une tequila sunrise.

— Parfait.

Nous observons de nouveau Sébastien, sans rien dire cette fois. La fille rit, il a dégainé son téléphone portable. Dans mes désirs de vengeance, jamais je n'aurais pris pour cible un homme comme lui. Il est multiple, mais il est entier. Fidèle à lui-même, il n'y a pas d'engagement, donc pas de mensonge. En revanche, Raphaël me paraît bien plus redoutable. Il fait partie, je crois, de ces détestables manipulateurs qui vous endorment avec leurs belles paroles.

— Ce que je voulais te dire, reprend-il, interrompant le flot de mes pensées, c'est que j'ai certaines convictions.

— Comme quoi ? Ne pas passer les fêtes avec sa future épouse ?

Cette agressivité soudaine le déstabilise quelques instants, mais il se reprend.

— Non. Ça, c'est autre chose.

— Ah.

— C'est compliqué, vraiment compliqué. Je ne dois pas t'en parler. De toute façon, tu es assez intelligente pour avoir compris que, dans cette entreprise, les gens sont bien trop liés sur le plan affectif.

Je souris. Si tu savais… Je ne le *comprends* pas, je le *vois*.

— Ce n'est pas simple d'être avec la fille du P-DG, vraiment pas simple.

Pauvre garçon. Comme si ce n'était pas ce que tu avais voulu, la prendre comme un ascenseur social.

— Où est le problème ? L'essentiel, c'est d'être amoureux.

— Oui, c'est certain, mais tout est tellement imbriqué… Parfois, ça me rend dingue, tu vois ? Il faut l'accepter en permanence. Il faut faire avec sa famille, tout le temps. Parce que ça reste la priorité de Laëtitia. Elle appartient à ce clan, et je ne suis qu'une pièce rapportée.

— Qu'est-ce que tu racontes ?

Il prend sa tête entre ses mains. Quelque chose vacille en lui. Sa fragilité est désormais visible, le masque est tombé. Mais est-ce simplement pour en changer, ou bien s'agit-il de son véritable visage ? J'ai du mal à savoir.

À plusieurs mètres, dehors, Sébastien et la jeune fille discutent toujours.

— Son père me déteste. Sa famille me déteste.

— C'est une impression, dis-je.

— Non, je le sais.

— Laëtitia te l'a dit ?

— Non…

Je suis en train de parler à mon supérieur comme à un petit garçon perdu.

— Alors ? Ils t'ont dit quelque chose ? J'ai quand même l'impression que ta promotion dans l'entreprise est une preuve d'estime.

Il pousse un soupir sonore.

— Tu te trompes. Ça, c'est juste une façon de garder un œil sur moi. Ces gens… Je sais trop qui ils sont.

Le serveur apporte nos boissons. C'est alors que Sébastien revient, l'air enjoué.

— Alors ? demande Raphaël.

— J'ai le numéro de téléphone de cette charmante Sophie.

— Tu n'arrêtes donc jamais ? dis-je en souriant.

— Alice, il faut s'amuser. On a la vie devant soi pour trouver la sérénité. Avant, autant en profiter pour être curieux, essayer…

Essayer. Je crois que j'ai essayé. J'ai eu des relations sérieuses, pleines d'amour et d'engagement, de stabilité. D'autres n'ont été que des éclairs fugaces, sans lendemain. Non, en fait, il y a une chronologie à tout cela. Depuis Tim, la corde qui part de mon plexus solaire est farouche. Elle n'a plus l'avidité d'autrefois, la faim des autres. Ces autres me font peur. Les déchirements m'ont trop amochée. J'ai été si insouciante pourtant, si naïve. J'ai cru tant de paroles empoisonnées, creuses, parce que je voulais qu'elles soient la vérité. Et maintenant, voilà ce que je suis devenue. Une sauvage. La femme émerveillée, si simple et liante, a érigé une cuirasse. Dans les brumes mentales de l'alcool, les questions surgissent.

Suis-je devenue celle que je voulais être ?

L'angoisse qui m'étreint n'a-t-elle pas rongé ma lumière, ma si précieuse lumière ?

Les verres sont suivis de bien d'autres. Les langues se délient, deviennent venimeuses. Nous parlons de tous nos collègues, en particulier de Sonia, Shamin et Romain. J'apprends que Romain a tenté son coup avec toutes les filles de la société. Que Shamin a divorcé l'année dernière. Sébastien livre des détails intimes sur sa nuit avec Sonia que je tente de ne pas entendre.

— Et alors, elle embrasse bien ? questionne Raphaël.

— Je sais pas, je l'ai prise en levrette.

Tous deux partent d'un grand rire. J'essaie de jouer l'offusquée, à la fois horrifiée et amusée. Et puis, brusquement, sorti de nulle part :

— Merveille.

Je lève la tête. Raphaël semble goûter ce mot. L'entendre une nouvelle fois fait déferler une vague d'émotions en moi. Les bras de John me manquent. Son réconfort.

Fuir.

Je dois fuir.

— Je vais aux toilettes, dis-je.

Je me lève avec un geste d'excuse et disparais dans l'escalier. Ce dernier conduit à un sous-sol. Je pousse le panneau de bois et appuie mes mains sur le lavabo en mosaïque blanche et rouge.

Une présence.

Lui.

Je peux le sentir. Pas besoin de me retourner.

— Ça va ?

Je fais face à Raphaël. Pourquoi est-ce qu'il me suit ? Son visage reflète une expression tragique que je n'ai jamais vue chez lui.

— Bien sûr.

— Qui t'appelait Merveille ?

— Ça n'a pas d'importance.

— D'accord.

Il se rapproche. J'essaie de me faufiler dans l'une des cabines, mais il tend le bras pour me barrer la route.

— Alice, est-ce que tu penses qu'il y a des choses qu'on ne peut pas voir, mais qui sont quand même là ?

Cette phrase résonne trop fort. J'ai peur que cela ne détruise tout. Que cela ne fasse exploser ma carapace. Que cela m'atteigne en plein cœur.

Je le dévisage, sous le choc.

— Je ne comprends pas ce que tu dis.

Je mens, tu sais.

— Tu es différente.

— Si c'est une tentative de séduction, elle est médiocre.

Il me jette un regard sévère.

— Je n'ai pas besoin de te séduire, je sais déjà que tu diras oui.

J'éclate de rire, troublée par tant d'assurance.

— Vraiment ? Tu es trop confiant, si tu veux mon avis.

— Je ne peux pas te voir. Je ne peux pas savoir ce que tu veux. Tu n'imagines pas à quel point c'est pénible.

Je sens son haleine chargée de bière.

— Parce que tu peux *voir* les gens ?

— Je… je suis très intuitif. C'est comme ça. Quand je rencontre quelqu'un, d'un coup, paf ! Je l'associe à un mot. Et ce mot, tu vois, c'est son orientation. Ce vers quoi il tend.

J'aimerais le croire fou, ou du moins le lui laisser penser. J'aimerais vraiment. Mais il y a chez lui une détresse qui fait écho à la mienne. La même façon d'être complètement perdu face à l'inexplicable. A-t-il des talents de comédien ? Se moque-t-il de moi ? Peut-être a-t-il simplement perçu chez moi des convictions différentes, celles que j'ai développées parallèlement à mon don. Il me croit un peu mystique, et veut le vérifier. Pourtant, il semble sincère… Je ne sais plus quoi penser.

— Je sais, c'est dingue, continue-t-il.

— Alors dis-moi. Dis-moi à quoi tend Sébastien, par exemple.

— La joie. L'optimisme.

— C'est un peu facile.

— Je t'assure que c'est ce qui dicte son comportement. Shamin, c'est la rigueur personnelle.

— Oui, tu analyses les gens, en somme. Ça n'a rien d'extraordinaire, ça s'appelle la psychologie.

— Non ! Je n'analyse rien. Je n'ai même pas besoin de leur parler. Le mot me saute aux yeux. Il s'impose à moi instantanément. Ce mot correspond à ce qui définit la personne.

Je ricane nerveusement, mais son air grave me fait cesser.

— Et moi, alors, vers quoi je tends ?

— Je ne sais pas.

— Évidemment !

— Rien n'est venu, la première fois que je t'ai rencontrée. Et rien ne vient jamais

Une nouvelle hypothèse jaillit, balaie toutes les autres, repousse enfin les ténèbres. Raphaël a des liens, bien sûr. C'est simplement que je suis incapable de les voir. De la même façon qu'il est incapable de savoir quel mot me correspond.

Si ce qu'il me dit est vrai, alors nous avons des pouvoirs.

Tous les deux.

Mais ils s'annulent.

— D'accord, dis-je simplement.

— Tu me prends pour un cinglé.

— Non, dis-je avec une grande douceur. Je t'assure que non.

Autant être neutre, ne pas réagir trop dans un sens ou dans l'autre. Il m'a livré quelque chose, mais je ne lui donnerai rien.

Il repousse une mèche de mes cheveux.

— Il est tard, fais-je en m'esquivant. Je vais rentrer.

Cette fois-ci, il ne cherche pas à me retenir. Je gravis les marches, le cœur battant à tout rompre.

Passé
19 juillet 2010

— Merveille, je ne suis pas sûr de comprendre…

— Je te demande juste de prendre la photo, d'accord ?

John fronce les sourcils. Son front disparaît sous ses boucles brunes. Il faudrait vraiment qu'il pense à se couper les cheveux.

— D'accord, répond-il avec une once d'inquiétude.

— Je sais ce que je fais.

Il me regarde de haut en bas. C'est vrai que cette jupe est assez osée, surtout avec ces chaussures à talons. Mais je veux être absolument certaine que Cyril ne me résistera pas. John s'assied sur le banc de fer sous l'Abribus, les bras croisés. Je lui adresse un petit signe de la main, puis me dirige vers *Le Terminus*. Car c'est bien ici que s'arrêtera le voyage entre le menteur et moi.

Je prends place en terrasse et commande un café. Autour de moi, le réseau lumineux continue sa danse incessante. Pour faire passer le temps, je sors ma lecture du moment. *La Nuit des temps* de Barjavel. C'est un livre de poche complètement écorné, dont les pages ne vont pas tarder à se détacher.

Une dizaine de minutes plus tard, Cyril arrive. Ses muscles saillent sous son tee-shirt d'un blanc passé. Il s'installe, tout sourires. Son regard s'égare sur mes jambes, celles qu'il a parcourues quelques jours auparavant. Le lien qui nous unit est risible : un simple filament alors que nous avons été si proches physiquement. Quelle mascarade !

Je vérifie que John est bien en place. Oui, sa silhouette nous observe derrière la vitre.

— Tu vas bien ? demande-t-il.

— Très bien, et toi ?

— Oui. Ça me fait très plaisir de te revoir. J'ai passé une nuit vraiment extraordinaire.

Le souvenir de nos étreintes me fait rougir.

— Tu es partie comme une voleuse, le lendemain matin ! s'exclame-t-il.

— Vraiment désolée.

Ma main contourne la tasse, s'approche de la sienne. Son visage s'avance jusqu'au mien, scelle notre nouvelle rencontre d'un baiser. Mes lèvres s'accrochent aux siennes, ne les lâchent pas. Je veux que le cliché soit réussi.

Le reste n'est qu'une succession de banalités. Des phrases automatiques, vides de sens, qui ne disent rien. Des questions qui ne veulent pas savoir. Mon portable vibre dans mon sac à main. Un coup d'œil vers l'Abribus. De dos, je distingue la silhouette de John. Il doit s'impatienter, ne pas comprendre. Allez, finissons-en.

— Cyril, je suis navrée, je vais devoir y aller.

— Déjà ? s'étonne-t-il. Tu ne veux pas manger quelque chose ?

— Je n'ai pas très faim.

— Ou, je ne sais pas, on peut aller chez moi pour discuter, si tu veux.

Quel tact.

— Non, non… Je t'assure. Je suis un peu fatiguée.

— Bon…

Il semble réellement déçu. Cette vision me fait mal. J'imagine soudain sa petite amie, rayonnante, pleine de confiance. Tim. Est-ce de cela que tu avais l'air quand tu allais voir d'autres femmes ? Étaient-elles plus simples, plus faciles, plus barricadées ? Moins dans le besoin d'être rassurées, moins avides d'affection ? Quel drôle de rôle que celui de l'*autre*. La femme derrière le rideau aux secrets. Non. Ne pas penser à ce qui arrache la surface du cœur, à ce qui gratte et entame l'ego jusqu'à le réduire à pas grand-chose.

Je dépose un billet sur la table, près du cendrier.

— En tout cas, je suis content que tu ailles bien, dit-il.

Aller bien, moi ? Je n'en suis pas vraiment certaine, mais si c'est ce que je véhicule, tant mieux. Le masque est efficace.

— Je suis très en forme, oui. À une prochaine fois, Cyril.

Je le laisse au milieu de la terrasse. Son regard pèse sur moi alors que je m'éloigne. Les voitures défilent, klaxonnent. J'attends devant le passage piétons, la main crispée sur la lanière de mon sac. Qu'est-ce que je suis en train de faire, exactement ? Ce qui est juste, je crois. Cette fille aura la vérité, aura toute la lumière sur la personne avec laquelle elle croit tout partager. Plus de mensonges, de jardins secrets devenus si immenses que leurs herbes envahissent tout.

Le feu passe au rouge pour les voitures. Je marche sur les bandes blanches, puis me laisse tomber sur le banc, juste à côté de John. Ce dernier ne dit rien, les paupières baissées sur son appareil photo. Je le lui prends délicatement des mains et fais défiler les images. Très réussies.

— Merci, dis-je.

— Maintenant, tu vas me dire pourquoi tu fais ça ?

Son regard est gorgé de rancœur. Quelle égoïste je fais. Lui demander cela à lui ! Ces derniers jours, j'ai réussi à oublier, faire comme si cette relation fusionnelle était quelque chose de normal, d'établi. Mais me voir avec un autre ravive en lui ce qui est révélateur. Cela ne devrait pas, pourtant. Il est avec Charlotte, après tout. Quelle réflexion idiote… Si les statuts étaient des couperets tombant entre les gens, tranchant les sentiments, cela se saurait.

— C'est un peu compliqué, mais disons que c'est une sorte de... revanche.

— Je n'aime pas ce mot. Ce n'est pas sain. Et c'est qui, ce type ? Pourquoi prendre une photo ? Tu ne pouvais pas lui demander ?

— Tu ne veux pas tout savoir, je t'assure.

— Dis-moi ! J'ai le droit de savoir !

Autour de nous, les personnes qui attendent le bus nous observent à la dérobée.

— Très bien, dis-je tout bas. Ce mec est un connard, je vais juste faire en sorte que sa petite amie le sache.

— Quoi ? s'offusque-t-il. Mais pourquoi ? Qu'est-ce qui ne tourne pas rond chez toi ? C'est depuis que tu dis voir ces... ces trucs...

— Que je *dis* voir ?

— Que tu les voies.

— Tu ne me crois pas ?

— Merveille...

La colère monte, rampe dans ma gorge, va se transformer en cri.

— Je crois qu'il faut arrêter, murmure-t-il tout à coup.

— « Arrêter » ? Arrêter quoi ?

— Tout. Nous.

— Nous ?

Il n'y a pas de nous, non. Simplement un je et un tu.

— Oui, nous. Te voir embrasser un autre mec, ça me... bouffe.

Le bus 91 s'arrête le long du trottoir. La foule se précipite entre ses portes ouvertes. John se lève.

— Qu'est-ce que tu décides, Alice ?

— Je ne comprends pas...

Oh, si, je ne comprends que trop bien.

— Je suis quoi, pour toi ?

— Mais, voyons, la question ne se pose pas, il y a Charlotte…

— Oui. Et depuis que tu es mal, depuis que tu vois des trucs, je passe mon temps avec toi, à te réconforter, à te soutenir… Je vais même jusqu'à être complice de ce délire avec ce mec !

— John…

— Il faut que je sois là, pour toi, à ton service, à n'importe quelle heure du jour et de la nuit, et, dans ce cas de figure, tu te fiches bien des sentiments de ma petite amie à moi.

— J'ignorais que cela l'affectait. Tu… tu ne me l'as jamais présentée. Je ne la connais pas.

— Et pourquoi donc, à ton avis ?

Nous touchons à ce que je refuse de voir.

— Parce que je suis amoureux de toi, Alice ! Tu le sais très bien, et tu fais comme si ça n'avait aucune importance, comme si ça n'existait pas !

Mots qui électrisent. Je voudrais me ratiner sur ce banc glacé, plaquer mes mains sur mes oreilles. Il me l'a lancé, ça y est. Il me l'a confié. Je ne sais pas quoi répondre. Dans une relation, chacun est entre les mains de l'autre. On peut prendre soin de son hôte, le saisir avec délicatesse, lui prodiguer de l'affection. Parfois, on ne réalise pas à quel point ce que l'on tient est précieux et fragile… On le malmène, on l'écrase. C'est seulement lorsque sa possession est partie, laissant les doigts ensanglantés, que l'on prend conscience de sa propre cruauté. De ce que l'on a perdu.

J'ai écrasé John. Je l'écrase depuis tellement longtemps. Et je vois les taches de mon crime seulement maintenant.

Les portes du bus se referment derrière lui.

Chapitre 7

Nouvel an

Présent
31 décembre 2011

Être réveillée par la lumière du soleil qui vient frapper le Velux est un véritable plaisir, le luxe du week-end. Pas de sonnerie stridente. Quelle chance j'avais autrefois, lorsque aucun horaire ne rythmait ma vie.

31 décembre. Nous y sommes. La fin de l'année. On espère résolutions et, surtout, renaissance. Comme si un changement de chiffres pouvait nous laver de tout, remettre les compteurs à zéro.

Il faut clôturer.

L'écran de mon téléphone portable s'éclaire de temps à autre. Mais je ne regarde pas. Sans doute des messages de ces amis à qui je n'ai donné aucune réponse pour ce soir, restant dans le vague. Mais ce n'est pas chez eux que j'irai. C'est chez Sébastien, je le sais déjà. La tentation est beaucoup trop forte. Celle de revoir Raphaël dans un autre cadre, de le revoir tout court. Exquise excitation du danger ? Oui, mais pas seulement. Ses paroles de la veille trottent dans ma tête. Elles ne me quittent pas.

Merveille.
Tu es différente.
Je suis très intuitif. C'est comme ça. Quand je rencontre quelqu'un, d'un coup, paf! Je l'associe à un mot.

Je suis différente des autres, mais pas de lui. Ce n'est pas un monstre, du moins pas celui que j'imaginais. C'est désormais une évidence. Il y a un dénominateur commun entre nous, comme si nous évoluions dans le même monde, avec la même grille de lecture. À ceci près que ses intuitions ne sont pas visuelles, mais mentales. Une petite part de moi, la part paranoïaque, a encore peur que tout ceci ne soit qu'une vaste supercherie. Un jeu machiavélique. Cela paraît pourtant peu probable. Trop de coïncidences. Trop de résonances.

Je descends de la mezzanine, les yeux à demi clos, les cheveux en bataille. De l'eau salvatrice sur le corps, bien chaude, et me voilà enveloppée d'un nuage de vapeur. Puis, emmitouflée dans une serviette de bain, je consulte enfin l'écran de mon téléphone portable. Parmi des noms qui me laissent de glace, celui de Sébastien semble surligné.

OK pour ce soir? Si oui, RDV chez moi à partir de 21 heures, 6, boulevard Malesherbes, code 8979. 2e étage gauche. Viens accompagnée d'une bouteille de champagne.

Mes doigts frôlent les touches. Je brûle de demander si Raphaël vient toujours, si c'est confirmé.

Non.

Ça risquerait de lui mettre la puce à l'oreille.

Ça marche. À ce soir.

Une minute après, le portable vibre. Sébastien.

Content que tu viennes☺

Ce smiley m'évoque son sourire à lui, brillant mais carnassier. Voilà qui est décidé, en tout cas. J'enfile un jean et un pull noir, passe un bracelet, puis quitte l'appartement. Pour meubler cette journée si vide avant l'heure du réveillon, il faut que je m'occupe, que je profite des choses simples. Je m'installe dans un café qui fait l'angle d'un boulevard et commande un chocolat viennois. Ma cuillère plonge dans la crème Chantilly onctueuse. Au-dehors, le ciel est gris. On dirait un couvercle qui pèse sur les toits des immeubles. Paris ressemble parfois à un espace clos, sans issue. Tout y semble possible, et rien à la fois.

Mon regard tombe sur la terrasse chauffée. Les fils lumineux ondulent lentement, au gré des allées et venues des clients. Un pouvoir. J'ai un pouvoir. Aujourd'hui encore, j'ai du mal à m'y faire. C'est ma particularité, ma solitude. Un don encombrant, dont je ne sais pas quoi faire. Et je ne suis apparemment pas la seule. Raphaël semble persuadé d'en posséder un également. S'il a le don de déchiffrer quelqu'un en un seul regard, de saisir sa motivation profonde… en quoi est-ce que cela oriente sa vie ? Comment s'en sert-il ?

— Vous désirez autre chose ? demande le serveur.

— Non, merci, ça ira.

Il retourne derrière le comptoir. Là, sa collègue lui tend des cafés. Le fil épais qui les unit ne se rétrécit pas quand ils s'éloignent. Travailler ensemble crée forcément des liens. Et quand on y passe dix heures par jour, pour ensuite s'échouer, épuisé, sur son lit… Cela se substitue à toute vie sociale. Si j'avais lu quelques articles à ce sujet et entendu les réflexions d'amis allant dans ce sens, j'ai le sentiment de comprendre enfin tout ce que cela implique. C'est une cohabitation obligatoire. La fuite est difficile, à moins de démissionner sans crier gare.

Et, pour une fugueuse comme moi, voilà qui s'annonce difficile.

Je termine mon chocolat d'un trait, puis laisse les pièces sur la table. Je fais quelques emplettes avant de rentrer. Le reste de la journée, je lis tranquillement, hantée par les différents scénarios de ce soir.

Raphaël qui me parle. Raphaël qui m'ignore. Raphaël qui tente de séduire d'autres femmes. Raphaël qui m'embrasse. Mon imagination s'emballe. Comment est-il possible de ne pas connaître quelqu'un quelques jours auparavant, puis d'être complètement habité par sa présence, par les hypothèses du futur ?

Cette sensation est à la fois enivrante et douloureuse. C'est la chute. La marche vers l'autre, inévitable. La peur de ce que l'on va trouver au carrefour, mais le besoin impérieux de s'y rendre.

Comment expliquer que j'attire autant ceux qui me dégoûtent, ces imposteurs, ces spécialistes des doubles vies ? C'est toujours la même histoire. J'ai été la légitime durant des années, et me voici systématiquement l'autre. Cela a été un choix durant un temps, une nécessité. Une facilité, aussi.

À présent, je ne veux plus être ni la légitime ni l'autre.

Et pourtant, le besoin de m'abîmer en un homme ne me quitte pas. L'envie de trajectoires qui se croisent et se mêlent.

Pourvu que Raphaël soit présent ce soir. Non. Je dois arrêter d'espérer. Il ne sera sans doute pas là, de toute façon. Mieux vaut ne pas y penser.

Quelle robe choisir ? Je fais coulisser la porte de l'armoire. Un arc-en-ciel de tenues offre un vaste choix. Je jette les heureuses élues sur le canapé. Robe noire près du corps, au col piqueté de sequins. Élégant. Robe dorée à fines bretelles, au bas bouffant. Un peu trop festif, peut-être. Robe bustier bleu nuit, courte, mais pas trop. Sobre et sexy. Le parfait alliage. Passage dans la salle de bains. Face au miroir, dans une corbeille, fards, pinceaux et tubes se battent en duel. Crème sur le visage. Ocre pailleté sur les paupières, puis un trait d'un noir d'encre au-dessus des cils. On devrait mesurer l'intérêt d'une femme pour un homme au temps qu'elle prend pour se préparer, à l'application qu'elle met dans le choix des couleurs. Le summum ? La sélection des sous-vêtements les plus avantageux possibles. L'aveu le plus flagrant.

Je libère mes cheveux pour qu'ils tombent sur mes épaules dénudées avant d'ajouter une barrette dorée en forme de spirale. Le détail qui habille.

L'heure tourne. Bas noirs. Chaussures à talons. Pochette brillante.

Me voilà fin prête.

Profonde inspiration. J'ai l'impression de me jeter dans la gueule du loup… et de ne pas pouvoir faire autrement.

Dans les rues, c'est l'effervescence. Des groupes se déplacent d'un point à un autre, rient à gorge déployée. Je plonge dans le métro parisien. Dans la rame, il y a plus de liens que d'habitude : ce soir, les gens se déplacent par petits groupes : amis, familles et couples d'amoureux. Les connexions s'agitent. La tension du réveillon est palpable.

21 h 24.

6, boulevard Malesherbes. La double porte vitrée est imposante, encadrée par des barres métalliques noires. Je sors mon portable. Code : 8979. Je gravis les marches d'escalier habillées d'un tapis rouge. La rumeur ambiante m'indique aussitôt le lieu des festivités.

Je frappe.

Quelques instants d'attente.

Sébastien ouvre, une coupe de champagne à la main.

— Ah ! Alice ! Comme ça me fait plaisir !

Nous nous faisons la bise.

— Entre, entre. Tu peux laisser ton manteau là.

L'appartement est magnifique. Un parquet vitrifié, des murs blancs rehaussés de moulures, une baie vitrée qui donne sur un balcon avec une vue imprenable sur les illuminations de la ville. Les invités se tiennent debout autour d'une grande table, parlant dans la bonne humeur. Tous sont des clichés vivants des écoles de commerce. Vêtements de marque, mèches sur le front… Aucune trace de Raphaël. La déception m'écrase.

— Les amis, je vous présente Alice, ma collègue de travail. Alice, voici Pierre, Elsa, Rémi, Antoine, Apolline, Joséphine…

Tournée de bises. Entre eux ondulent d'épais fils lumineux. Un vrai bazar relationnel ! Qu'ils soient amicaux ou amoureux, les convives sont unis par des liens solides.

Sébastien s'empare des bouteilles que j'ai apportées et m'invite à le suivre dans la cuisine.

— Je suis ravi que tu sois venue.

— Je me suis dit que ça allait changer un peu.

— Tous ces gens sont des copains d'école. C'est là que je me rends compte que je suis un peu fermé, comme type…

— Les écoles de commerce ont un petit côté sectaire.

Il sort un plateau de petits-fours du frigo.

— Je ne peux pas te donner complètement tort… Mais tu vas voir, il y a du bon là-dedans. Ils sont vraiment sympas.

— J'espère bien !

Je brûle de lui demander si Raphaël se joindra à nous, mais ce serait trop révélateur… Mieux vaut feindre l'indifférence.

— Allez, viens.

Les bulles de champagne pétillent sur la langue. Une grande femme à la robe dos nu s'approche de moi. Son nez pointu m'évoque une musaraigne.

— Alice, c'est bien ça ?

— Oui.

— Ça fait plaisir de rencontrer des collègues de Seb, il parle tellement de son boulot !

— Et tu es…

— Joséphine. La copine du coloc de Seb, Rémi.

Elle désigne le petit ami en question. Il est à l'autre bout de la pièce, en train de piocher dans les plateaux d'amuse-gueules tout en parlant à une petite blonde à chignon. Le lien qui unit les deux individus est plus fort que celui qui unit le couple… Cela commence bien. Même saoule, il faudra éviter de lui dire que son petit ami a une maîtresse.

— Et la fille à côté de lui, c'est… ?

— Oh, Elsa. Ma meilleure amie !

Formidable. Comme c'est sain.

— Vous venez tous de la même école, c'est ça ?

— Oui, dit-elle en affichant son sourire éclatant. Je bosse dans le marketing.

Le reste n'est qu'une logorrhée sans intérêt. Elle me parle de ses chaussures, du dernier vernis Chanel qui tient si bien… Le bruit de la sonnerie me tire brusquement de ces futilités.

Raphaël apparaît sur le pas de la porte. Sébastien lui donne une accolade. Une bouffée de joie m'envahit. Je me sens aussi stupide qu'une collégienne.

— … Et en fait, avec Rémi, on va partir deux semaines à New York en février. On a réussi à poser tous les deux nos vacances en même temps, mais c'était compliqué !

— J'imagine.

— Et toi, tu as quelqu'un ?

C'est alors que Raphaël s'avance jusqu'à nous, de la malice dans les yeux. Eh oui, je suis venue. L'étrangeté de la situation me frappe. Nous autres jeunes actifs sommes censés avoir une vie bien remplie… Et, plutôt que de passer le réveillon en famille ou avec des amis proches, nous voici à passer le nouvel an ensemble, entre collègues de travail, alors que l'on se connaît à peine.

— Très belle robe, commente-t-il en guise de bonjour.

— Merci.

— Allez, viens, fait Sébastien, on va mettre tes bouteilles au frais.

Joséphine me lance un regard en coin.

— C'est lui, ton copain ?

— Non, du tout. C'est mon boss.

Elle éclate de rire.

— Eh ben, j'en connais une qui va avoir des problèmes.

— Ah bon ? Pourquoi ça ?

— Il t'aime bien. C'est flagrant.

— Tu devines ces choses-là en moins d'une minute, toi ?

— Oh, oui !

Sa remarque me fait rire intérieurement. Compte tenu de ce que je peux capter de sa vie, son sens de l'observation est plus que douteux.

Peu à peu, les convives se déplacent de groupe en groupe. Bientôt, Raphaël et moi nous retrouvons côte à côte, près de la baie vitrée.

— Je ne pensais pas que tu viendrais, dit-il en engloutissant un toast.

— Je me suis dit que ce serait amusant. Ça va changer de mes réveillons habituels. C'est plutôt ta présence qui est étonnante…

— Laëtitia est furieuse. Elle m'a envoyé une dizaine de textos incendiaires.

Je porte mon verre à mes lèvres pour ne rien avoir à dire là-dessus.

— Tant pis, soupire-t-il. C'est comme ça. J'en avais besoin.

— De quoi ?

— De faire ce dont j'ai envie, pour changer un peu.

Il désigne Joséphine d'un mouvement du menton.

— Elle, là-bas, tu la vois ?

— Oui, eh bien ?

— Loyauté.

— Quoi, « loyauté » ?

— C'est son moteur, son orientation.

Son pouvoir. Il me parle de son pouvoir, là, tout de suite. Je roule des yeux exaspérés pour repousser les émotions qui se bousculent.

— Je suis sérieux. Je sais que tu me crois. Je le sens.

— Allons reprendre à boire.

— Tu veux me saouler pour abuser de moi, c'est ça ?

Prétentieux.

— Absolument.

Nous allons vers Sébastien, qui se trouve près de la cheminée de marbre sur laquelle trônent des photos. Des clichés de soirées déguisées, d'autres sur les bords de la Seine, d'autres encore dans un petit appartement… Il y a quelque chose de touchant dans ces tranches de vie ainsi exposées.

— Ça va, vous deux ?

— Très bien, répond Raphaël. C'est vraiment super sympa de nous avoir invités.

— Tu vas voir, ça va te changer de tes réunions familiales !

— J'espère bien.

Il nous ressert du champagne. La lumière se tamise. La ville au-dehors est encore plus belle ainsi, magnétique. La dénommée Elsa surgit dans notre discussion.

— Bonsoir, je crois qu'on n'a pas été présentés…

Toute son attention est tendue vers Raphaël. Éteindre la flammèche de jalousie qui s'allume, vite. Cela n'a aucune raison d'être.

— Raphaël, je suis un collègue de Seb.

— Elsa, enchantée. Une amie de Seb.

Et voilà, la discussion est lancée. Ne rien laisser paraître de mon trouble. M'éclipser en toute discrétion.

— Je vais chercher quelque chose à grignoter, fais-je.

Allez, je vais terminer cette coupe de champagne et ça ira mieux. Que crois-tu ? Qu'un homme aussi séduisant n'attire pas les convoitises ? Je me sens réduite à un nom sur une liste, à une possibilité parmi tant d'autres.

— Quelle descente !

Le dénommé Rémi est si près que je peux voir les taches de rousseur sur ses joues rebondies.

— Merci, j'ai de l'expérience.

À ma grande surprise, Raphaël me rejoint.

— Tiens, ressers-moi à boire, Alice.

Je m'exécute. Elsa l'a suivi. Un fil bondit de son plexus solaire, puis éclate contre la barrière invisible qui enveloppe mon manager. Je ne peux voir que les tensions vers lui, les demandes. Pas ce qu'il ressent.

D'un coup, de la musique s'élève de la chaîne stéréo. « Toxic », de Britney Spears. Elsa se précipite au milieu de la salle et se met à se déhancher. Il faudrait faire une étude sur l'effet de cette chanson sur les filles. Rémi la rejoint.

— Et elle ? demandé-je tout bas.

— Joie, optimisme. Comme Sébastien.

Baby can't you see
I'm calling
A guy like you
Should wear a warning
It's dangerous
I'm fallin'

Nous écoutons tous deux les paroles en souriant.

— Viens, Merveille. Je vais fumer.

Mes pas emboîtent les siens naturellement. Il fait coulisser la porte vitrée.

Passé
20 juillet 2010

Je branche le câble de l'appareil photo sur l'ordinateur. Quatre clichés. L'un d'entre eux est absolument parfait. On reconnaît bien Cyril, on voit nos bouches collées l'une contre l'autre. Créer une nouvelle adresse de messagerie ne prend que cinq minutes. Dans le cybercafé, le gérant mâche un chewing-gum tout en feuilletant la presse people et me jette de temps à autre des coups d'œil intrigués. Bien sûr, hors de question d'envoyer cet e-mail de chez moi. Méfiance. On peut remonter jusqu'à une adresse IP. Ici, je baigne dans l'anonymat.

J'ouvre mon agenda et recopie l'adresse de Sandra. Sujet ? Hum… Vérité. Très bien, ça, « Vérité ». Après tout, c'est bien de cela qu'il est question. Parcourir. Pièce jointe. La photo charge. La voici attachée.

De : laura.vertium@hotmail.fr
À : sandra.thierry@orange.fr
Objet : Vérité
Date : 20/07/10

Chère Sandra,
Vous ne savez pas qui je suis, mais je sais qui vous êtes.

Non. Trop grandiloquent, et presque effrayant. Que lui dire ? Que sa vie est un tissu de mensonges ? Que l'homme qu'elle croit connaître l'a trompée ? Que ce n'était pas seulement l'affaire d'un soir, qu'il m'a demandé mon numéro de téléphone pour me recontacter ? Je n'ose imaginer ce qu'elle ressentira en découvrant tout cela… Mais elle va savoir, maintenant. Elle saura avant de se marier avec cet imposteur, de miser sa vie sur lui, de porter son enfant.

Elle aura la possibilité de choisir sa vie sentimentale en ayant toutes les clés en main.

J'efface tout. Inutile de noter quoi que ce soit. Ce serait superflu.

Je clique sur « Envoyer ». La bombe à retardement est partie, ça y est. Je me déconnecte de ce compte sur lequel je ne retournerai sans doute jamais.

— Tout va bien, mademoiselle ? demande le gérant.

— Oui, très bien.

Je dépose quelques pièces sur son comptoir avant de partir. Alors que je m'engouffre dans le métro, je sors mon téléphone portable. Pas de nouvelles de John. Je l'ai appelé quatre fois déjà, sans la moindre réponse. Est-il vraiment résolu à couper les ponts ? La solitude m'accable tout à coup. Le manque. Jonathan, mon pilier depuis des années, un repère. J'ai l'impression que toutes mes balises se sont éteintes et que je me retrouve dans la nuit. Enfin, rien n'est plus jamais complètement noir, de toute façon. Il y a toujours ces rayons lumineux lorsque j'ouvre les yeux. À qui vais-je parler de cela, maintenant ? Qui me croirait ? Personne. On me prendrait pour une folle. Moi-même, je me demande souvent à quoi rime tout cela. Ce don étrange est apparu le 3 juin dernier. Il y a un mois et demi. Je m'y habitue, je l'apprivoise lentement mais sûrement. Mes recherches sur le sujet n'ont rien donné. Internet, les bibliothèques, les revues médicales…

Seule.

Je suis réellement seule.

Je pourrais composer l'un des numéros de mon répertoire pour avoir de la compagnie. Voir une amie bienveillante, parler ensemble de la vie, des hommes. Trouver du réconfort dans les bras aimants de garçons. Mais je n'y parviens pas. Je n'en ai pas la force.

Dehors, le soleil prodigue une délicieuse chaleur. Ce n'est pas une journée à rester enfermée. Je marche donc dans Paris, trouve refuge au Jardin des Plantes, sur un banc inoccupé. Que vais-je faire de ma vie ? J'ai assez d'argent pour vivre des années et des années sans travailler. J'ai mon diplôme en poche, mais aucune envie de postuler, de me mettre sur les rails qui m'attendent. Le chemin tout tracé. CDD, CDI, rencontre, mariage, enfants… Tout me semble factice, vide de sens. Longtemps, j'ai cru que les gens étaient acteurs de leur vie, faisaient des choix qui les rendaient heureux, avaient prise sur les événements. À voir tous ces couples qui se trompent, ces routes prétendument tracées à deux, le découragement s'abat. Comment se borner à regarder pendant des années dans la même direction ? Comment s'efforcer de vouloir la même chose ?

Garder son confort et mentir, voilà la solution la plus répandue. Ne pas bousculer les habitudes, surtout pas. Mais chercher ailleurs ce qui manque, plutôt que de se demander simplement d'où ce manque peut bien provenir.

Sur ces questions sans réponse, je poursuis ma déambulation. Absorbée dans mes pensées, je ne reprends vraiment conscience que longtemps après, quand mon regard se pose sur une devanture familière, aux caractères noirs et angulaires. En me promenant ici, dans cette capitale palpitante, parmi ces millions d'habitants, de bâtiments, parmi tous ces possibles de chair et de fer, il n'y avait qu'un seul endroit où je ne voulais plus me retrouver : ici. Mais mes pieds m'y ont conduite, par automatisme. Les années ont passé. Tant d'années. Tout cela semble si loin que j'ai parfois l'impression que ces souvenirs appartiennent à une autre que moi. Sottise. J'en arbore encore les séquelles.

Je pousse la porte de verre. Rien n'a changé. La même ambiance animée, avec ces tentures bariolées, ces petites tables en bois autour desquelles on peut se laisser aller dans des poufs multicolores. Une dizaine de clients sirotent des cocktails dans l'intimité des alcôves creusées à même la pierre. Ne pas se laisser submerger. Tu es forte, à présent. Tu n'es plus la même.

Je m'installe sur une banquette vermeille.

Le serveur s'approche, élégant dans sa chemise blanche et son pantalon noir.

— Qu'est-ce que je vous sers, mademoi… oh, c'est toi.

Morgan. C'est bien lui, oui. Toujours ici. Le temps a fait son œuvre. Quelques rides forment de jolies parenthèses aux coins de sa bouche.

— Oui, c'est moi.

C'est étrange de le retrouver dans ce décor. Comme si cette époque était fossilisée, qu'elle attendait mon retour. Je me sens soudain honteuse de réapparaître comme ça après toutes ces années. Il passe une main nerveuse dans ses cheveux bruns.

— Bon… Qu'est-ce que je te sers ?

— Un chocolat viennois.

— Très bien.

Après quelques minutes, il revient avec les consommations sur un plateau, qu'il distribue aux clients d'un geste expert.

— Et voilà.

Il reste debout. Nous nous considérons un instant, saisissons dans le regard de l'autre le souvenir encore à vif, la plaie qui suppure.

Jeune, musclé, la peau délicieusement ambrée, j'ai toujours pensé que Morgan était de ces êtres avec lesquels on peut retrouver une proximité presque immédiate même sans avoir parlé pendant des années. Cela se vérifie aujourd'hui. Une seule parole suffit à balayer les longues absences.

— Comment vas-tu ? demandé-je d'une petite voix.

— Plutôt bien. Les choses ne changent pas trop, comme tu peux le voir. Toujours le même boulot. J'ai un appartement au-dessus du bar, maintenant, avec Laure. On vient d'acheter.

— C'est génial, ça.

— Oui.

Silence.

— Qu'est-ce que tu fais ici ? reprend-il.

Je hausse les épaules.

— À vrai dire, je ne sais pas trop.

— Ne me dis pas que tu le cherches encore…

— Non, dis-je très sérieusement. Ça, j'ai arrêté depuis longtemps.

— Ça fait…

Je le vois compter mentalement.

— Neuf ans, fais-je aussitôt.

— Neuf ans… Et la dernière fois qu'on s'est vus, toi et moi ?

— Hum… Il y a trois ans, je dirais. Pour ton anniversaire.

— Oui. Je suis désolé, j'aurais dû te donner plus de nouvelles.

— Moi aussi.

— Je ne savais plus trop si tu t'étais installée définitivement à Paris ou si tu étais retournée dans le Sud.

— Je suis restée ici. Je vis dans l'appartement de ma grand-mère. Elle est décédée il y a bientôt deux mois, et je vais hériter de son bien.

Il s'installe sur la banquette.

— Je suis désolé…

Il s'humecte les lèvres, refuse de me regarder droit dans les yeux. Il tente de me dire quelque chose.

— Morgan, qu'est-ce qu'il y a ?

— Tout ça, c'est du passé, pas vrai ? Neuf ans, c'est beaucoup.

— Oui.

Il hoche énergiquement la tête, puis lâche :

— Tu sais, je me souviendrai toujours de toi. La petite brune innocente, sans cesse fourrée ici avec lui.

— J'étais très amoureuse.

— Et très jeune. C'est curieux que tu sois là, aujourd'hui.

— Pourquoi ?

Hésitation.

— Pourquoi ? répété-je.

— Il est revenu il y a peu.

Cette phrase résonne en moi comme un coup de tonnerre. Ce qui est caché, enfoui, remonte malgré tout.

— Je ne t'abandonnerai pas, je te le promets.

— Je ne te crois pas.

— Je te le promets, jamais plus je ne te laisserai seule, tu verras. Je ne lâcherai jamais ta main.

Cela fait bientôt une décennie qu'il a disparu de mon existence. Le lendemain de cette promesse si solennelle, énamourée, il a lâché ma main. Notre lien s'est rompu. Il s'est enfui en laissant une enfant sur le bord de la route. Une enfant de seize ans. Un homme rencontré sur la plage, face à la Méditerranée. Passion. Déflorée un vendredi 13. Il venait de Paris. Disait être fou amoureux. J'allais le voir le week-end, faisais clandestinement des allers-retours à l'autre bout de la France.

— J'ai découvert la vérité, poursuit Morgan. Il est marié, et l'était déjà à l'époque. Il a un enfant, un enfant qui ne date pas d'hier, lui non plus. Il n'a… Il n'a pas l'âge qu'il disait avoir. On s'en doutait, bien sûr, mais cette fois j'en ai le cœur net. Il y a quelques mois, une femme et un adolescent ont déjeuné ici. J'ai bien sympathisé avec eux. Et puis là, d'un coup, qui est apparu ? Lui. Il n'a pas eu le temps de me voir. Du coup, quand la petite famille est revenue sans lui, un midi, j'ai posé quelques questions…

À l'époque, je me suis battue. J'ai remué ciel et terre pour le retrouver. Ce bar que nous fréquentions si souvent, où nous avions fait la connaissance de Morgan, j'y suis revenue tous les jours pendant les grandes vacances, l'été de ma seizième année. Espérant pousser la porte de verre et le voir là, assis sur un pouf ou dans l'ombre d'une alcôve. J'ai réfléchi à cette situation nuit et jour, son absence me hantait. J'ai échafaudé des plans subtils, un peu fous même, pour le retrouver. J'avais tout un été devant moi. J'ai fini par abdiquer. Du jour au lendemain, mon petit ami avait disparu sans laisser de traces. Mes appels et mes messages restaient sans réponse. Si j'avais pu voir à l'époque ce que je vois aujourd'hui, je ne serais pas tombée dans le piège. J'aurais su.

— C'est un cinglé, murmure Morgan. Ça ne sert à rien de chercher plus loin. Il nous a dupés, moi y compris. Je pensais que c'était quelqu'un de mon âge, quelqu'un d'intéressant, de bien… C'était juste un lâche, tu comprends ? Un type malheureux en ménage – et encore, ça reste à prouver – qui s'est consolé avec des gamines. Il n'était pas ce que tu croyais.

Je me lève. Besoin d'être dans un endroit isolé. Les toilettes, au fond. Morgan me suit. Mon dos heurte le mur carrelé. Je me laisse glisser jusqu'à terre. Après le drame de son départ silencieux, et pourtant d'un brouhaha fracassant dans ma vie, j'ai changé. Il a connu une adolescente aveugle, amoureuse. Il a happé toute la lumière qui vibrait en moi, tous mes espoirs et mes ambitions. Il apparaissait dès le crépuscule, m'attendant sur les quais de la gare. Une relation secrète qui me laissait éteinte, épuisée, meurtrie. Mes parents ne voyaient rien. Ils ne se doutaient pas de mes voyages en train, à des heures improbables, pour aller à la rencontre de celui que j'aimais. John savait, lui. Il me voyait dépérir. Me suppliait de ne pas y aller. Quand j'ai découvert que je n'étais pas la seule, l'imposteur n'a plus donné signe de vie. Il s'est contenté de disparaître.

Morgan s'assied à côté de moi et passe un bras affectueux autour de mes épaules. J'ai traversé cet enfer avec lui. Il m'a vue si souvent dans ce bar, à guetter la porte dans l'espoir de voir réapparaître cet homme. Morgan veillait sur moi.

— Ce qui t'est arrivé est dégueulasse. Mais ce type ne mérite pas que tu souffres ne serait-ce qu'une seule seconde pour lui.

— Tout ça, je m'en doutais... Finalement, tu me donnes des réponses. Le plus dur, c'était de vivre dans l'incompréhension.

Une liaison avec un homme marié. Plus âgé. Qui fuit la réalité en allant tester ses capacités de séduction sur de jeunes lycéennes naïves. C'est si simple. Si trivial. Mais c'est une réponse à accepter. Morgan tire un mouchoir de sa poche et le passe sur mes joues striées de longues traînées noires.

À présent, une telle duperie ne pourra plus jamais m'arriver. Plus jamais me toucher. J'ai une autre vision des choses, je peux déceler les liens. J'ai trouvé une parade au mensonge. Peut-être que je dois considérer ce don comme une sorte de dédommagement…

Je me lève et m'approche du miroir pour tenter de dissimuler mon émotion. De reconstituer un masque impassible, heureux.

— Il faut que tu prennes soin de toi, me souffle Morgan.

Chapitre 8

2012

Présent
31 décembre 2011

NOUS VOICI SUR LE BALCON. LE VENT ME MORD LE VISAGE, mais je m'en fiche. Les conversations nous parviennent de façon étouffée. Raphaël ôte sa veste et la pose délicatement sur mes épaules dénudées. D'ici, la Seine serpente, brillante, entre des milliers de points lumineux.

— Je sais que tu es comme moi, dit-il à brûle-pourpoint. Je peux le sentir.

Il me jette un regard en biais, mais je focalise mon attention sur le salon éclairé où ondulent les cordes de lumière.

— La petite Elsa, là, continue-t-il pour combler le silence, elle a l'air de sauter sur tout ce qui bouge.

— Elle a eu un élan vers toi, clairement, oui.

— J'ai vu.

— Mais elle a déjà une liaison avec le coloc de Sébastien, Rémi.

— Comment tu sais ça ?

J'esquisse un sourire énigmatique.

— Merveille…

— Arrête de m'appeler comme ça.

— Pourquoi ?

— Ce surnom est déjà pris.

— Par qui ? Ton copain ?

— Non.

— Ton plan cul régulier ?

J'écarquille les yeux. Il rit, amusé de mon air outré.

— Un ami d'enfance, lâché-je enfin.

— Je vois, je vois.

Silence.

— Il y a autre chose dont je dois te parler, dit-il très sérieusement.

— Quoi ?

— Je sais que tu as menti.

— Menti ? À propos de quoi ?

Mon cœur s'emballe. Rester neutre. Ne pas se trahir.

— À propos de ton expérience professionnelle. J'ai appelé ton soi-disant ancien boss, Timothée Leroy.

— Comment ça, « soi-disant » ?

— Il ment mal. Très mal. Il ne savait même pas de quoi je parlais, au début. Je m'en fous, tu sais. Ce n'est pas grave. Je t'ai prise quand même. Mais j'aimerais savoir, si tu ne travaillais pas là-bas, qu'est-ce que tu as fait durant tout cc temps ?

Il est perspicace. Bien trop perspicace.

— Mais je travaillais là-bas !

— Tu mens.

— Je dis la vérité.

Ne pas en démordre. Ses sourcils se froncent.

— Tu t'es prostituée, c'est ça ?

J'explose de rire.

— Eh bien, quelle vision tu as de moi…

— Les petites provinciales qui arrivent à Paris, on les connaît.

— Je ne suis pas provinciale.

— Tu as grandi dans le Sud, fait une partie de tes études là-bas. C'est marqué dans ton CV.

— Cette conversation devient malsaine.

Je fais pensivement tourner le liquide dans ma coupe. Il se rapproche. Son parfum me prend d'assaut.

— OK, j'arrête avec mon interrogatoire.

— Merci.

— C'est juste… Je n'ai pas eu d'intuition sur toi. Simplement un sentiment de familiarité. Oui, c'est ça, de familiarité.

— Ah.

— Depuis le début, j'ai cette envie de te protéger.

Je m'esclaffe de nouveau, pour briser les mots, pour les empêcher de m'atteindre. Son expression se durcit. Le voici piqué au vif.

— Ce n'est pas drôle, Merveille.

— Je ne suis pas celle qui est perdue, dis-je avec douceur. Je suis juste une célibataire curieuse venue rencontrer des gens au nouvel an. Toi, un homme bientôt marié qui devrait être à l'autre bout de la France, venu ici sur un coup de tête. Je te laisse en tirer les conclusions qui s'imposent.

— Tu me juges.

— Ça nous fait un point commun.

Et là, sans crier gare, ses traits s'affaissent. Incroyable. L'audace s'en va, s'égare, laisse place à la peine. Des larmes perlent, puis coulent sur ses joues. Des larmes. Raphaël, égérie de la virilité, avec ses costumes hors de prix, ses répliques cinglantes et sa sublime assurance. Tout semble se craqueler. Son avant-bras vient couvrir pudiquement ses yeux.

À l'intérieur, la foule des danseurs grossit à vue d'œil. Elsa regarde dans notre direction. J'attire Raphaël sur le côté, pour sortir de leur champ de vision. Nous sommes contre la fenêtre d'une pièce éteinte.

— Ça va ? demandé-je.

Il secoue la tête de gauche à droite, comme un enfant. Je saisis son bras. Il résiste. Je force. Il cède et dévoile son regard embué.

— Raph…

Le diminutif est sorti tout seul. Je voudrais pouvoir le ravaler. À la place, ma main trouve la sienne, spontanément.

— Tu ne peux pas savoir comme j'en ai marre, lâche-t-il d'une voix rauque. Je n'en peux plus.

— Mais de quoi ?

— De cette vie. Je sais que tu as raison. Pour Laëtitia, pour tout. Je suis perdu.

Il est à découvert. Sans artifice. Cette fois-ci, j'en suis certaine. C'est la véritable émotion, celle qui vous submerge, qui détruit tous les barrages. Une déferlante qui ne peut pas être contenue.

— Je ne comprends rien, continue-t-il.

Il renifle bruyamment.

— J'ai pris une route, une route tracée pour moi. Je n'ai rien à construire. Juste à rentrer dans le moule, à jouer un rôle. Mais je ne veux pas. Je le vomis. Je les vomis tous.

— Qui, tous ?

— Les gens de Linker. La famille de Laëtitia. Tout le monde. Je les devine, je sens leurs motivations. Ce qui les conduit, ce qui les définit. Perfection. Argent. Connaissance. C'est pour ça que j'aime bien Seb. Que je l'aime vraiment bien. Il bouffe la vie. Il est entouré. Il veut rire, tout le temps. C'est aussi simple que ça. Ça fait du bien.

J'accueille ses paroles sans broncher. S'il pouvait me voir, moi, que verrait-il ? Sa main quitte la mienne pour se poser sous mon menton.

— Et toi, tu restes sombre. C'est reposant. C'est… différent. Et un peu excitant.

— Je ne peux pas te voir non plus, tu sais.

Mes paupières se baissent et se relèvent à plusieurs reprises. Mais qu'est-ce que je fais ? Tu n'as rien lâché jusqu'ici. Rien. Garde-le pour toi.

— Comment ça ?

— Je…

— Dis-moi.

— Tu ne sais pas laisser le silence s'installer. Pourtant, c'est dans le silence qu'on arrive à dire certaines choses.

— Avec toi, le silence, je n'y arrive pas.

— Dommage.

— Parler, ça m'évite de t'embrasser.

— Eh bien.

— Oui.

— On va continuer à parler, alors.

Je veux lui dire.

Une envie impérieuse.

Un besoin.

— Toi, tu peux sentir intuitivement la motivation des gens.

— Oui ?

J'ai bu tant que cela ? Pourquoi est-ce que tout jaillit ?

— Moi, je peux voir les liens qui les unissent.

Ça y est dit. Je l'ai dit.

— Comment ça, « voir » ?

— Ils m'apparaissent comme des sortes de fils.

Vertige. Mon secret. Mon précieux secret. Entre les mains de mon manager…

— En gros, dit-il avec calme, comme un réseau social entre les gens. Une sorte de Facebook en live.

Je prends une profonde inspiration. Cherche la meilleure explication possible.

— Non… pas vraiment. Je vois les attaches entre les individus, pas des cercles sans hiérarchie.

— Et la nature de ces attaches ?

— Non. Juste leur intensité.

On dirait que nous sommes en train de parler de quelque chose de complètement normal. Un partage naturel. Cela me réchauffe le cœur instantanément.

— Alors qu'est-ce qui te fait dire qu'Elsa et l'autre ont une liaison ?

— Le lien est très épais, et souvent, dans ce cas-là, à moins d'une filiation… il y a anguille sous roche.

— Tu ne crois pas à l'amitié homme-femme ?

— Difficilement en école de commerce, à moins qu'ils ne soient d'un autre bord.

— Tu marques un point.

Soulagement. Il ne rit pas. N'est pas trop sérieux non plus. Mes doigts sèchent les larmes qui restent accrochées à sa peau, par réflexe.

— C'est bon, grogne-t-il. C'est passé.

— Gros chagrin, quand même.

— Tu te moques de moi ?

— Mais non…

Il paraît rasséréné. Je demande :

— Quand est-ce que ton… don est apparu ?

— Il y a six ans. Et toi ?

— Un an et demi.

— Je suis donc plus expérimenté, souligne-t-il avec un haussement de sourcils.

— Qui sait ?

La porte vitrée s'ouvre. La tête de Sébastien apparaît, penchée sur le côté.

— Vous n'avez pas froid, comme ça, dehors ?

— Ça va, répondons-nous à l'unisson.

— Allez, venez manger.

Nous quittons le balcon. Les tables se sont parées de plats : salades de riz, foie gras, saumon, coquilles Saint-Jacques… Une pile d'assiettes et des couverts sont mis à disposition. Raphaël et moi nous servons. Il me glisse à l'oreille :

— En fait, tu es spectatrice de la vie intérieure des gens.

— Non, je ne connais pas leurs émotions… Je peux simplement voir si deux personnes sont proches ou non.

— Un outil RH précieux.

— Je n'avais encore jamais considéré ça sous cet angle.

— Tu te sers de ton pouvoir pour quoi, au juste ?

— Je ne m'en sers pas vraiment.

Du moins plus vraiment. La chasseuse de doubles vies a rendu les armes. Sinon, elle aurait décidé de s'occuper de son cas.

— Tu prends ça avec un calme olympien ! dis-je.

— Tu vas sûrement trouver ça bizarre, mais je le sentais. Et je fais confiance à mon instinct.

— Je ne peux pas voir tes liens, tu ne parviens pas à me saisir. Je crois que nos pouvoirs s'annulent.

— Je suis de ton avis. Alice, c'est une chance.

— Tu penses ?

— Qu'on se soit rencontrés, oui. Il faut qu'on comprenne d'où viennent ces facultés.

Cette phrase balaie toute ma solitude. J'ai longtemps voulu être unique. Mais qu'y a-t-il de plus rassurant que le semblable ?

— 5… 4… 3… 2… 1… Bonne année !

Embrassades. Certains titubent déjà, ont la parole décousue. Au milieu de ces effusions, Raphaël et moi ne cessons de nous regarder. L'électricité est toujours là, mais la voici doublée d'une véritable complicité.

2012.

Nous y sommes. Le renouveau. Je suis dans un appartement parisien en compagnie de mon supérieur hiérarchique. J'ai dévoilé le secret qui a bouleversé ma vie. John était le seul à savoir jusque-là.

Passé
12 octobre 2010

De : jonathan.masson@gmail.com
À : alice.duval@orange.fr
Objet : Au revoir
Date : 12/10/10

Chère Alice,

Pardonne-moi d'avoir mis autant de temps à te donner des nouvelles, mais, comme tu l'as sans doute compris, je suis arrivé au bout d'un truc, j'avais besoin de recul pour faire le bilan.
Toi et moi, on se connaît depuis qu'on a sept ans. Je me souviens du jour où j'ai emménagé à Marseille, ça m'a beaucoup marqué, je quittais la Bretagne pour le Sud, je quittais mes copains d'école... Et tu étais là, dans le jardin, à jouer avec ta grand-mère. Quelle femme adorable! Elle me manque à moi aussi, tu sais... Depuis ce jour où elle m'a invité à prendre le goûter, on est devenus inséparables, toi et moi. Tu te souviens, chaque week-end, on jouait aux Playmobil dans ta chambre, on se promenait... Les jeux d'enfants se sont vite transformés en jeux d'adultes. Primaire, collège, lycée. Tu avais tes amis, moi les miens, et pourtant on se retrouvait toujours le soir ou le week-end, à parler de tout et de rien. J'ai toujours été amoureux de toi, je crois. Je n'y

peux rien, c'est comme ça. Je t'ai connue si petite et vulnérable, la gamine à l'imagination débordante, la gamine pleine de douceur qui portait des chatons à bout de bras en riant. Tu ne peux pas savoir comme ça m'a fait mal de te voir brisée en mille morceaux par un fou. Tu avais seize ans, Alice, et tu es tombée dans le piège d'un mec plus âgé qui t'a manipulée. Tu n'étais encore qu'une enfant, même à cette époque, je le sentais déjà, je me disais que tout ça n'était pas normal. Combien de fois ai-je voulu prévenir tes parents, même si tu m'en aurais voulu à vie? Je voulais te sauver, te sauver des griffes de ce pourri.

Je ne l'ai pas fait, et je le regrette chaque jour, car un soir de mars tu es rentrée en train à minuit, tes parents me posaient des questions, je t'ai fourni un alibi. Quand je suis allé te chercher à la gare, mort d'inquiétude, je t'ai trouvée les yeux rougis, le bras contre ta poitrine. Tu ne voulais pas me montrer, mais j'ai relevé la manche de ton manteau, j'ai vu les bleus. Et toi, tu disais: «C'est rien, il s'est énervé, il dit que je suis chiante, que je suis une gamine, que je ne comprends rien à la vie, qu'il faut que j'arrête de lui demander d'être là...»

Quelques mois plus tard, tu as fouillé dans son portable, et je crois que je ne remercierai jamais assez ton élan de méfiance. Tu as découvert toutes ses autres liaisons, tu as explosé, et il s'est contenté de disparaître – et c'est affreux, mais sa disparition est la meilleure chose qui pouvait t'arriver. J'ai su que ça allait être terrible. Et ça l'a été. Personne ne voyait rien parce que tu n'as jamais rien voulu montrer. Bonne élève, gentille fille. Mais moi, je savais à quel point tu souffrais, j'étais aux premières loges. Tu te souviens, quand tu ne pouvais plus dormir toute seule? Tu venais toquer à mon carreau, tu te collais contre moi, et tu sanglotais pendant des heures et des heures. J'avais beau t'aimer, redoubler d'affection, d'attention, tu restais inconsolable. Parce que tu avais offert ton innocence à quelqu'un qui t'a saccagée.

J'ai cherché ce type, tu sais, même si on n'en parlait plus, même si c'était devenu un sujet tabou. Je sais où il vit, et parfois j'ai eu envie de le fracasser comme il t'a fracassée, mais ce n'est plus mon combat, ni le tien, juste un épisode glauque qu'il faut mettre de côté.

Merveille, j'ai toujours été là pour toi, à tous les moments de ta vie, et surtout les plus difficiles. J'ai été ton confident, et sache que tu as toujours été ma priorité, ma priorité absolue. C'est bien le problème aujourd'hui. J'ai envie d'avancer, de me poser avec quelqu'un, de construire quelque chose. Je sais ce que tu vas dire: «Tu es jeune, tu es encore dans tes études», blabla. Mais c'est ce dont j'ai vraiment besoin, après toutes ces années durant lesquelles mes relations ont capoté parce que mes copines ne comprenaient pas notre

relation privilégiée, ou plutôt parce qu'au fond elles la comprenaient trop bien.
En juin prochain, je vais me marier avec Charlotte. Nous déménageons en avril en Bretagne, dans une maison près de la mer. Je pense qu'il vaut mieux que tu ne cherches plus à me contacter. J'espère que tu ne m'en voudras pas trop, mais, crois-moi, j'ai retourné le problème en tous sens : c'est le seul moyen pour moi d'être heureux. Tu ne peux pas me donner ce que je veux, mais je sais que tu m'aimes assez pour comprendre, que tu peux surmonter ta peur de l'abandon parce que tu sais combien j'ai besoin de cette distance entre nous.
Il y a toujours eu deux toi. Alice, la jolie Alice, toujours élégante, pleine de prestance, la femme méfiante. Et Merveille, la petite Merveille, l'enfant au rire contagieux, pleine de candeur. C'est de Merveille que tu dois t'occuper. C'est une enfant, et elle pleure encore chaque soir, je le sais bien, parce qu'elle a mal. Tu peux trouver un moyen de la soigner. J'en suis sûr.

Jonathan

Chapitre 9

Innocence

Présent
1er janvier 2012

L'ALCOOL A TROP FAIT EFFET. J'AI LA TÊTE QUI TOURNE. JE passe dans la salle de bains. Vaste pièce, peinture bleu ciel, immense baignoire d'angle. Un miroir occupe tout un pan de mur. Il y a des parfums sur les étagères, et une seule brosse à dents. Des citations et des photos sont encadrées, indéchiffrables délires de soirées arrosées.

Je m'assieds contre la baignoire, sur le tapis. Instant de répit. Les rayons dansent devant moi. Mes rayons. Ils partent loin, sauf un, qui va à côté, traverse la porte et se heurte à cette force négative qui entoure Raphaël. Je sais que ce lien existe pour moi, mais j'ignore ce qu'il en est de son côté.

La poignée s'agite. Fin du temps mort. J'actionne la chasse d'eau, histoire de. J'ouvre la porte et tombe nez à nez avec Raphaël.

— Ça va ? s'assure-t-il.

— Trop bu.

— Je vois ça… De toute façon, il est 4 heures du mat, tout le monde est complètement déchiré. On ferait mieux de rentrer.

— Oui…

— Tu habites où ?

— Place Monge.

— OK, on va prendre un taxi, je vais te raccompagner.

Il me prend par la main et m'entraîne jusqu'à la chambre où nous avons laissé nos affaires. Sébastien est étendu sur le lit, une fille sous lui.

— Il est vraiment temps d'y aller, commente Raphaël.

La tête de Sébastien se relève.

— Vous partez, les copains ?

— Oui.

— Pas de bêtises, hein !

— Occupe-toi plutôt de ton cas, dis-je avec douceur.

Il explose de rire, et la fille sous lui également. Nous récupérons nos manteaux et quittons l'appartement. À peine dans la rue, Raphaël lève le pouce et hèle un taxi. Nous nous engouffrons dans le véhicule, serrés côte à côte sur la banquette de cuir. J'appuie ma tête contre la vitre, l'esprit encore embrumé par l'alcool, et regarde défiler les feux de Paris. Sa main se glisse de nouveau dans la mienne, je ne réagis pas. Marre de lutter. Le piège est là, à quelques centimètres, et j'ai envie de sauter dedans à pieds joints. De ne plus réfléchir, de ne plus anticiper la souffrance.

De vivre, pour voir.

Le taxi s'immobilise en bas de mon immeuble.

— Alice…

— Quoi ?

— Est-ce que je peux dormir chez toi ?

Je lui lance un regard oblique.

— Je veux dire… juste dormir. Je te jure qu'il ne se passera rien. J'ai simplement envie de rester avec toi.

Sincérité ou manipulation ? Peu importe.

— Si tu veux.

Raphaël tend aussitôt un billet au chauffeur, comme s'il avait peur que je change d'avis. Je tape le code d'entrée d'un doigt malhabile, il pousse la lourde porte. Escaliers en colimaçon. Trouver mes clés dans mon sac.

Qu'est-ce qui m'arrive ? Je laisse entrer quelqu'un dans mon cocon.

J'allume la lumière et accroche mon manteau.

— Je vais dormir là-haut, dis-je, tu peux déplier le canapé-lit…

Je m'enferme dans la salle de bains et m'appuie sur le lavabo. Respire. La tête continue de me tourner. Je me brosse les dents, me démaquille, retire ma robe, passe un tee-shirt informe.

Lorsque je sors, il n'y a plus que les chaussures de Raphaël sur le sol.

— Je suis en haut, Merveille.

J'oscille entre rire et exaspération. Peu importe. Je grimpe sur la mezzanine et découvre mon boss allongé sur mon lit, les bras derrière la nuque, le regard levé vers le Velux.

— Jolie vue.

Après avoir éteint la lumière, je m'écroule à côté de lui et me tourne de façon à lui présenter mon dos. Sa simple présence fait chavirer quelque chose en moi. La situation est totalement improbable, mais un sourire effleure mes lèvres.

— Qu'est-ce qu'il y a de drôle ? demande-t-il.

Je ne réponds rien. Sa main se pose très délicatement sur ma hanche. M'électrise. Il repousse mes cheveux et pose sa tête près de mon cou. Son souffle chatouille ma peau. Son corps se rapproche du mien, ses bras m'enveloppent. Un soupir sonore m'échappe. Je m'imprègne de lui, de son parfum si rassurant.

— Bonne nuit, dis-je.

— Bonne nuit.

J'ai les yeux grands ouverts, et je sais que lui aussi. La seule différence, c'est que moi, je peux voir les fils lumineux qui s'élancent droit dans le mur. Sauf un, énorme, qui, à peine né, disparaît en escarbilles. Raphaël m'englobe et annule mon pouvoir vis-à-vis de lui. Cela se confirme.

— J'ai du mal à dormir, là, contre toi.

— Eh bien, éloigne-toi.

— Tu as envie que je m'éloigne ?

Il glisse deux doigts à la naissance de mon sein gauche.

— Ton cœur bat vite.

J'enfouis mon visage dans l'oreiller.

— Tu sais très bien qu'on se plaît, poursuit-il.

— Et on dit que ce sont les filles qui sont bavardes…

— Je t'ennuie ?

— Tu es mon chef, Raphaël. Et tu es fiancé.

… Dit celle qui lui ouvre sa porte et l'autorise à passer la nuit chez elle.

Le silence s'installe de nouveau, pesant. Il se redresse et contemple le ciel. Après un moment, je l'imite.

— Tu es vraiment une fille bizarre, commente-t-il. Pleine de contradictions.

Je me sens comme une enfant à la peau fleurie d'ecchymoses, qui serait séquestrée dans une pièce avec un homme qui garde toujours la main levée. À chacun de ses mouvements, je me rétracte, de peur que, cette fois-ci, le coup ne tombe. D'ailleurs, peut-être que ce dernier veut simplement me tendre une main amicale, mais le réflexe de protection est là, plus puissant que l'espoir. Au fond, ce n'est pas si difficile à analyser : c'est l'ombre de mon *premier* qui plane toujours. L'homme fugueur, le fantôme. Une expérience destructrice qui m'a laissé son lot de séquelles : peur panique de l'abandon, suspicion permanente.

— J'essaie simplement de composer avec mes faiblesses, dis-je en toute franchise.

— Tu as perdu des plumes ?

— Un peu. Et toi ?

— Moi...

Il fouille dans son manteau laissé sur la rambarde, et en extirpe un paquet de cigarettes et un briquet.

— Ça te dérange si je fume ?

— Non.

Le bout de la cigarette rougeoie dans l'obscurité. Raphaël prend une grande bouffée avant de recracher cette fumée manifestement salvatrice.

— Moi, poursuit-il au milieu de volutes, j'étais gros quand j'étais petit. Pitié, ne me sors pas le baratin sur le manque de confiance en soi, tout ça... J'ai bien compris. Mais, ouais, je crois que je prends un peu ma revanche... C'est fou de voir le regard des femmes changer sur toi, passer de l'indifférence à l'intérêt.

— J'imagine.

— Je ne comprends pas pourquoi une fille comme toi est célibataire.

— En quoi est-ce un mal ?

— J'en sais rien. Les gens se sentent souvent exister en couple, tu sais… Ils ne supportent pas d'être seuls…

— J'ai besoin d'être seule, je crois. De ne pas vivre avec quelqu'un pour être avec quelqu'un. De m'affranchir de la dépendance affective. Certains ont besoin d'être à deux pour former un tout. Mais il faudrait d'abord que je forme un tout moi-même…

Il médite sur ses paroles, puis murmure :

— C'est courageux.

— Tu crois ?

— Oui.

Il ouvre le Velux, écrase son mégot et le jette.

— Raphaël…

— Oui ?

— Tu as une idée d'où peuvent bien provenir nos pouvoirs ?

— Non, mais je compte bien le découvrir. En comparant nos expériences, on devrait trouver un élément déclencheur. Qu'est-ce que tu faisais quand ton don est apparu ?

— Je… pleurais. J'étais sur les marches de l'Opéra Garnier.

— Pourquoi tu pleurais ?

— Aucune importance.

— Si, justement !

Je m'humecte les lèvres.

— Ma grand-mère venait de tomber dans le coma, et j'avais eu une explication difficile avec mon ex.

Après un hochement de tête, Raphaël intervient :

— Déjà, je vois un point commun : mon pouvoir est apparu quelques jours après le décès de mon grand-père. Quand j'étais à l'enterrement, pour être exact.

— Vraiment ? m'étonné-je. Ma grand-mère est morte le même jour, je ne sais pas à quelle heure exactement…

Nous digérons chacun l'information. J'ajoute :

— Parfois, tu vois, j'ai imaginé que c'était un legs de sa part. D'autres fois, je me demande si ce n'est pas, comment dire… la concrétisation de mon souhait le plus cher : ne plus être victime des mensonges des hommes et tout savoir de leurs liens. C'est comme si mon cerveau avait réussi à activer quelque chose pour satisfaire mon désir.

Il me considère avec gravité.

— Intéressant. Dans mon cas, j'étais dans une église, il y avait cette musique horrible, ce prêtre qui débitait des banalités… Et quand j'ai commencé à serrer les mains des gens qui présentaient leurs condoléances, ça m'a sauté dessus. Ouais, c'est ça, sauté dessus, c'est l'expression. J'ai vu ma tante, et j'ai tout de suite pensé : « Générosité ». Imagine, ça m'a fait ça pour chacun des membres de l'assemblée. Le mot était là, tangible.

J'écoute, assimile. Et je m'habitue à l'idée qu'il possède, lui aussi, une faculté extraordinaire.

Les doutes se dissipent. Cette situation étrange quelques minutes auparavant devient une évidence.

— Mort de nos grands-parents, dis-je, pensive. C'est ce qu'il y a de plus saillant.

Il étouffe un bâillement.

— On devrait dormir, Merveille.

— Tu as raison.

Nous nous rallongeons. Ses bras s'enroulent autour de mes épaules. Il y a dans ce geste une tendresse innocente. Au bout de quelques secondes, à ce que je sens contre moi, toute idée d'innocence s'envole.

Je fais comme si de rien n'était. Et je souris.

Futur
6 avril 2012

Shamin Chen: Salut!☺

Alice Duval: Hey! Ça va?

Shamin Chen: Très bien, et toi?

Alice Duval: Bien, bien. Un recrutement de plus.

Shamin Chen: Bien joué.

Shamin Chen: ☺

Alice Duval: Et toi, alors, ce voyage à Londres?

Shamin Chen: Génial!

Shamin Chen: Je suis ressourcée, prête à affronter le boulot.

Alice Duval: Bien, bien. Romain a été relativement sage durant ton absence, je dirais même qu'il a bien géré.

Shamin Chen: J'ai mon point hebdo avec lui dans trente minutes.

Alice Duval: Tu as revu ton ex-mari ?

Shamin Chen: Non. La page est tournée, à présent. Il faut aller de l'avant.

Alice Duval: Tu as bien raison.

Shamin Chen: Cela s'applique aussi à toi☺

Alice Duval: Oh, ne t'en fais pas, c'est de l'histoire ancienne.

Shamin Chen: Je te le souhaite.

—Café ?

Sébastien me couve de son regard bienveillant. Je referme la fenêtre de discussion avec Shamin.

—Oui, bonne idée.

Je verrouille ma session d'ordinateur et lui emboîte le pas. Nous allons à la cafétéria, où se trouve Romain, une canette de Coca-Cola à la main. Nous nous joignons à lui.

—Tout va bien ? demande Romain.

— Ça va, dis-je, et toi ?

— J'en ai marre des meufs. Sérieux, vous êtes vraiment trop compliquées.

Sébastien et moi échangeons un regard amusé.

— Qu'est-ce qui se passe ? demande-t-il d'un ton patient.

— J'ai rencontré une meuf dans un bar, vendredi soir…

— Déjà, arrête de dire « meuf », c'est insupportable, décrété-je.

— Oui, bon, une fille, si tu préfères. On a bien parlé et tout, je lui ai demandé son numéro, elle me l'a donné. Je lui ai proposé un rendez-vous ce soir, elle m'a dit qu'elle était occupée, je lui ai proposé ce week-end, elle m'a dit qu'elle avait déjà quelque chose de prévu, alors j'ai proposé la semaine d'après, et là, elle n'a rien répondu. Vous pensez que je devrais lui renvoyer un message ?

Ne pas rire.

— Je crois qu'il est inutile d'insister, dis-je. Le code implicite, là, c'est que quand on te dit non une fois, tu attends que la personne relance…

— Mais c'est quoi, cette histoire de code ? s'énerve-t-il.

Sébastien joint les mains sur la table, puis entame un discours de sa voix grave :

— Il y a plusieurs règles à respecter en matière de femmes, mon petit Romain. La première, c'est qu'il faut être avare. Moins tu leur en donnes, plus elles en réclament. C'est une pure question d'ego. Si un mec est indifférent, elles vont vouloir lui plaire, ne comprenant pas pourquoi il ne manifeste aucun signe d'attention.

— Ça dépend du mec, nuancé-je. On se passerait volontiers de l'intérêt de certains…

— Un autre truc, ajoute-t-il, c'est la théorie de Tarzan. Ne lâche jamais une liane avant d'en avoir saisi une autre. Très important, garde ça à l'esprit, ça t'évitera de te retrouver les mains vides.

J'hésite entre rire aux éclats et distribuer des paires de claques.

— Il faudrait déjà que j'en attrape une, de liane, soupire Romain.

— N'aie pas l'air d'avoir faim, continue Sébastien, c'est très mauvais. Les filles doivent avoir l'impression que tu es heureux avec ce que tu as. Si tu dis que tu as une copine, c'est encore mieux. Leur esprit tordu te donne alors de la valeur.

— Attends, s'il faut avoir l'air de s'en foutre à ce point, comment la meu… euh… la fille comprend qu'elle m'intéresse ?

— Il faut que tu viennes vers elle, que tu engages la conversation, mais pas trop. La mesure, toujours la mesure.

Romain termine sa canette d'un trait.

— OK, je vais y réfléchir. Bon, allez, j'ai un point avec Shamin.

Il quitte la table et nous laisse Sébastien et moi en tête à tête.

— C'est un mec bien, ne commence pas à lui enseigner tes méthodes de séducteur à deux balles.

— Un mec bien n'est pas adapté à la gent féminine, se défend-il en levant un doigt expert.

— N'importe quoi.

— Attends, c'est évident ! Vous aimez les mecs qui vous en font baver, qui vous poussent dans vos retranchements.

— Pas du tout.

— Alice…

— On cherche simplement un équilibre entre un homme complètement soumis, sans subtilité, et un salaud manipulateur. Voilà tout.

— Raphaël appartient à la seconde catégorie, et ça ne t'a pas empêchée de…

— Chut !

Je regarde autour de nous. Il hausse les épaules.

— Ça va, personne n'a entendu…

— Fais un peu attention.

— Pardon, pardon. À ce propos, tu as des nouvelles ?

Je m'absorbe dans la contemplation de mon gobelet de café pour camoufler ma peine.

— Non. Aucune.

— Raph l'insaisissable.

— Ça fait un mois qu'il est parti, maintenant. Je ne pense pas qu'on en aura.

— Va savoir. Son départ était tellement soudain. Ce type est plein de surprises. Bon, allez, retournons bosser.

À peine assise à mon bureau, une icône bleue clignote dans ma barre des tâches.

Romain Bretin : Dis, tu as un truc prévu ce week-end ?☺

Bon. Il lui faudra sûrement un stage intensif avec Sébastien, en fin de compte.

Mon regard s'égare par la fenêtre. Le ciel est d'un bleu limpide, sans le moindre nuage. Le printemps est revenu, les jours ont rallongé. La lumière a repris ses droits. D'ailleurs, hormis quelques pincements au cœur parfois, je crois que je vais bien. Enfin. L'énergie coule à flots dans mes veines, ne se tarit plus comme avant. Je me concentre sur ce qu'il y a de sain dans ma vie, sur les relations simples, qui tendent vers la construction. Sébastien, calme et protecteur. Je suis l'amie à laquelle il est réellement attaché, pas la fille de passage. J'ai enfin pris le temps de recontacter les personnes que j'avais délaissées ces dernières années, et j'ai retrouvé le bonheur des instants fugaces, du partage. Les gens. Ce sont eux qui me sauvent. Non pas un seul être qui serait le centre de ma vie, mais la multiplicité. La carence affective est un cycle sans fin, peu importe l'homme, la maladie est la même, seul le nom change. Il faut se sortir de cette cage, prendre les choses en main, toucher de nouveau à la vie à d'autres endroits, tout aussi palpitants.

Oui, je vais bien. John serait fier de moi.

Nous sommes toujours plus focalisés sur ce qui aurait pu arriver que sur ce qui s'est réellement passé. Lorsqu'une porte se ferme et ne semble plus pouvoir se rouvrir, nos pensées s'égarent dans le royaume des possibles. De ce qui aurait pu être et qui ne sera plus.

C'est pour cela que je veux arrêter de penser à Raphaël.

Que je le bannis du champ de ma conscience.

Et, petit à petit, j'y parviens.

Chapitre 10

Complices

Présent
2 janvier 2012

— On a un entretien dans quinze minutes. Tu viens dans la salle, qu'on se prépare ?

Raphaël me tend un café, geste qu'il accompagne d'un léger sourire. Je saisis le gobelet en soufflant un merci, puis abandonne mon bureau. Il referme la porte, nous coupant de tout bruit. J'observe l'open space à travers la vitre.

— Tu vas bien ? demande-t-il.

— Oui, et toi ?

Je ne peux pas m'empêcher de ressentir un léger malaise. Avant-hier, nous avons dormi ensemble. Le lendemain, il s'est levé, a rallumé son téléphone portable et a pesté. Il est parti très tôt, contrarié. J'imagine la tempête qu'il a dû affronter avec Laëtitia. J'ai connu moi aussi l'angoisse des appels qui restent sans réponse.

Aujourd'hui, rien ne transparaît sur son visage. Il annonce avec décontraction :

— Nous allons bientôt rencontrer Bruno Legard.

— J'ai relu son CV tout à l'heure, son profil semble bien correspondre.

— Son profil, oui. Sa personnalité, ça reste à déterminer. Le poste à pourvoir demande un énorme investissement, il implique de nombreux déplacements… Il faudra que tu vérifies ses attaches.

Je le considère avec étonnement.

— Pardon ?

Il classe un dossier et poursuit sans me regarder :

— Oui, ses liens. Combien il en a, s'ils sont forts. Tu peux le voir, n'est-ce pas ?

Je chuchote :

— Tu veux que je me serve de mon don pour le travail ?

— Tu peux parler plus fort, personne ne nous entendra, tu sais.

Je me laisse aller contre le dossier de ma chaise et croise les bras. Tout est comme avant, et plus rien à la fois. Ses révélations ne seront donc pas un sujet tabou, une soirée que l'on préfère oublier. Il entre dans le vif du sujet.

— Ce n'est pas vraiment déontologique, dis-je.

— Alice, tu crois que je fais abstraction des informations que j'obtiens d'emblée sur les gens ? Leur motivation profonde m'a toujours aidé à déterminer les bons candidats. Toi, tu as une indication supplémentaire à apporter. Tu réalises ce qu'on peut faire ensemble ?

L'excitation qui perce dans sa voix ne me dit rien qui vaille.

— Je ne sais pas trop si…

— On forme une équipe, toi et moi. On est dans le même bateau. Naviguons dans le même sens.

Il veut exploiter mon pouvoir à des fins professionnelles. Le souvenir de son corps contre le mien me hante une fraction de seconde, puis je me ressaisis.

— Attendons de voir ce Bruno, d'accord ?

— Comme tu veux.

L'indécision est la pire des décisions. Avec lui, le tranchant de mes choix s'émousse. Je ne sais absolument pas quoi faire, il me désarme. Pourtant, intellectuellement, je comprends très bien que la situation qui s'instaure est une catastrophe. Qu'elle est malsaine. C'est mon manager, il est fiancé à la fille du P-DG, nous partageons un secret, nous avons dormi ensemble. Trop de rapprochement. Plus aucun détachement.

Il faut tout arrêter maintenant.

Mais je ne peux pas.

Il sait tout.

Et, au fond, est-ce que je veux vraiment couper court à tout cela ? Cela fait tellement longtemps que je ne me suis pas retrouvée au bord du précipice, sans aucun filet. Je risque un œil au fond du gouffre en me demandant si je vais finir par tomber. Par tomber amoureuse.

— Ah, je crois que c'est lui, fait Raphaël en levant la tête.

Sonia ouvre la porte.

— Bonjour, lance-t-elle joyeusement. M. Legard est ici.

— Fais-le entrer.

Un homme d'une quarantaine d'années s'installe devant nous. Une calvitie déjà bien entamée, les paupières légèrement tombantes. Je laisse Raphaël diriger l'entretien et prends quelques notes. Il n'a que trois liens forts apparents, un autre très léger. Peut-être une personne proche d'ici, qu'il connaît un peu.

— Seriez-vous prêt à voyager ?
— Oui, bien sûr.
— Le poste en question nécessite une grande disponibilité.
Le dénommé Bruno semble plutôt calme, ses intonations sont maîtrisées, son regard franc. L'entretien s'achève, et il quitte la pièce. Raphaël se tourne aussitôt vers moi.
— Alors, tu en penses quoi ?
— Ça me paraît correspondre, il a bien assez d'expérience.
— Connaissance. C'est son moteur.
— Et ?
— C'est une bonne chose. Mieux vaut recruter des gens qui sont plus tournés vers le mental que l'émotionnel. Ça évite pas mal de réactions imprévisibles, et donc de déboires. Qu'en est-il de ses liens ?
Je reste muette, faisant mine de relire mes annotations.
— Alice, insiste-t-il.
— En quoi est-ce que cela va nous aider ?
— On doit faire de bons choix de recrutement, c'est ce qui fait la réputation du cabinet. Pour ça, il faut qu'on mette à profit toutes nos capacités !
En lui révélant mon secret, j'ai franchi le point de non-retour. Le piège s'est déjà refermé sur moi. Je dois choisir. M'éloigner de lui ou devenir réellement sa complice.
— Trois liens forts, mais ça ne veut pas dire grand-chose. Les liens sont visibles en fonction de la proximité physique. Je peux seulement affirmer que peu importe où sont ces trois personnes, elles sont assez importantes dans sa vie pour que les fils apparaissent épais malgré leur probable distance.
— En règle générale, c'est beaucoup, trois ?

— Compte tenu du fait qu'il vient de Nantes, on peut supposer que ses proches sont là-bas, donc c'est plutôt dans la moyenne.

Raphaël acquiesce pensivement.

— Je me demande combien j'ai de liens, moi…

— Ça, je ne peux pas te le dire.

Nous échangeons un demi-sourire.

— Pour ce recrutement, reprend-il, attendons de voir le candidat de demain. Il a plus d'expérience que Bruno Legard, mais aura peut-être une personnalité moins intéressante. Grenade est un gros client. Il ne faut pas qu'on se plante. Dis-moi, tu fais quoi pour le déjeuner ?

— Je n'ai rien de prévu encore, pourquoi ?

— Que dirais-tu d'une crêperie ?

— Bonne idée, proposons à Sébastien.

Cela m'évitera d'être seule avec lui.

— Je préfère qu'on y aille tous les deux.

Raté. Ce qui m'aurait réjoui quelques jours plus tôt éveille désormais en moi une angoisse diffuse.

Nous souhaitons bon appétit aux collègues. Lorsque nous partons tous les deux, je surprends le regard particulièrement appuyé de Shamin.

Nous nous rendons dans le restaurant aux tapisseries acidulées. Je me plonge dans la lecture de la carte, mais Raphaël la referme.

— Ne sois pas si stressée.

— Excuse-moi de trouver la situation un brin dérangeante.

— Ça va, soupire-t-il, on a simplement dormi ensemble, il n'y a pas mort d'homme. On ne s'est même pas embrassés.

Je poursuis ma lecture, l'air de rien.

— Même si je n'y aurais pas vu d'inconvénient, ajoute-t-il avec un clin d'œil.

Je lui assène un coup de carte sur la tête.

— Aïe !

On a l'air de deux gamins. Une fois la frontière de l'intimité franchie, il faut croire qu'il n'est plus capable de la rétablir. La serveuse arrive à ce moment précis. Nous commandons, puis il se penche en avant pour chuchoter :

— Bon, j'ai beaucoup réfléchi. Je crois qu'on devrait enquêter sur mon grand-père et ta grand-mère. Comme tu le disais, c'est le point commun le plus flagrant dans l'apparition de nos pouvoirs. Leur mort.

— La théorie d'une sorte d'héritage ?

— Qui sait ? On ne peut nier une chose : c'est arrivé au moment où ils nous ont quittés. Le jour même pour toi, à quelques jours près pour moi.

Serait-il possible que ma grand-mère ait possédé ce don ? En y réfléchissant, elle était très attachée au regard. Son timbre résonne encore, je la revois, vulnérable, attaquée par Alzheimer, qui continuait à se remémorer ma naissance.

Tes yeux, si bleus… Tu étais si petite, minuscule.

Raphaël aussi a les yeux clairs. Mais la couleur des yeux a-t-elle un rapport avec ce qui nous arrive ? Son don à lui n'est pas connecté à la vision, il relève de l'intuition.

— Je ne sais pas vraiment par où commencer, ajoute Raphaël. Les affaires de mon grand-père ont été dispersées.

— J'ai les clés de la maison de ma grand-mère, tout y est encore intact.

— Et où est cette maison ?

— À Marseille.

Il grimace.

— Ça fait un peu loin.

— En effet.

Il sort son téléphone et consulte son agenda, soucieux.

— Ce week-end, Laëtitia part à Londres voir sa tante. Je lui ai dit que je viendrais peut-être, mais je peux toujours annuler.

Je le considère avec étonnement.

— Tu veux aller à Marseille ? Vraiment ?

Son ton se durcit :

— On veut des réponses à nos questions, oui ou non ?

Futur
9 avril 2012

+1

J'éclate de rire en lisant le texto de Sébastien. Depuis un mois, il m'a mis dans la boucle des messages qu'il envoie chaque fois qu'il couche avec une nouvelle fille. C'est ce qu'il surnomme son compteur de « filles cartouchées ». Son score est donc passé à quarante-sept. Chaque fois, je l'imagine s'isoler dans les toilettes pour pouvoir envoyer cet élégant « + 1 » à sa liste de contacts, son sourire carnassier aux lèvres.

Je range mon téléphone et tente de retrouver ma concentration.

Démissionner. Ce serait si simple, après tout. Une simple lettre déposée, et je recommencerais tout à zéro. Je m'arracherais à Linker, aux derniers souvenirs délicieusement pénibles. J'hésite. Raphaël a quitté l'entreprise il y a un mois seulement. Est-ce que cela ne paraîtrait pas suspect que je l'imite dans la foulée ? Et quand bien même ce serait le cas, quelle importance ? Je ne suis pas la gardienne de ses fautes. C'est fou. Même s'il est loin, je me sens encore sa complice. Pourtant, je ne lui dois rien.

En face de moi, Cassandra est pendue au téléphone, s'exprimant dans un anglais fluide. Revenue de son congé maternité, elle a la férocité de la femme qui veut reconquérir son territoire, qui rappelle que son absence n'était que provisoire. Sur son bureau trône une photo de sa petite fille dans un couffin. C'est une femme exigeante et consciencieuse, avec laquelle travailler est un plaisir. Douze fils épais scintillent au niveau de son plexus solaire. En plus d'être travailleuse, elle sait cultiver son rapport aux autres. Cela force l'admiration.

La journée se déroule dans la bonne humeur. Instants de complicité avec Shamin et Romain, réunions productives. Je sors du bâtiment sous un soleil éclatant. Une onde de bien-être m'envahit.

Tout ira bien.

Non, tout va bien.

Je retrouve Sébastien au bar indien dans lequel nous nous étions rendus tous les trois pour la première fois. À présent, c'est notre repaire à tous les deux. Nous nous y retrouvons souvent le lundi soir. Chaque fois, le spectre de Raphaël plane entre nous, indéniablement.

Lorsque j'arrive, il a déjà commandé des naans au fromage.

— Je me suis dit que tu aurais faim, dit-il.

— Parfait !

Nous déchirons le pain avec avidité et le trempons dans les sauces verte, rouge ou jaune.

— Vu ton message de tout à l'heure, je suppose que tu as bien profité de ton jour de congé…

— L'amour, Alice, l'amour…

— C'était l'Allemande dont tu m'avais parlé ?

— Oui. Elle est repartie. Elle était en Erasmus, tu sais.

— Et en plus, tu tapes dans les étudiantes…

— J'étais amoureux, je n'y peux rien.

J'éclate de rire.

— Toi ? Amoureux ? Seb, je t'en prie !

— OK, moins amoureux que Raphaël ne l'était de toi.

— Je ne mettrais pas ma main à couper.

— Amoureux, OK, on ne peut pas savoir. Mais son désir était indéniable !

— L'amour et le désir sont deux choses bien différentes. Je suis sûre que tu résoudrais bien des problèmes en apprenant à différencier ces deux concepts.

Il approuve d'un hochement de tête coupable.

— En tout cas, ajoute-t-il, je l'aimais vraiment bien, cette fille.

— Mais il y a toujours une nouvelle fille, chaque semaine.

— Parce que je suis sociable !
— Si tu le dis…
Il passe son pouce au coin de ma bouche.
— Alice, tu manges n'importe comment.
— J'avais trop faim…
Il me dévisage avec attendrissement. Le fil entre nous est devenu très épais. Je n'aurais jamais imaginé qu'il grandirait à ce point entre Sébastien et moi. Comme quoi…
— Tu sais, Alice, dit-il gravement, j'aime bien nos petits rituels.
Il ne peut pas voir ce qui nous lie, mais il sent que nous devenons très proches.
— Tu as raison quand tu dis qu'il y a *toujours* quelqu'un de nouveau. C'est comme ça, c'est mon mode de fonctionnement. Je me lasse de tout, alors je recommence chaque fois. Mais toi, au milieu de toutes ces personnes qui tournent, tu ne bouges pas. Tu es un point fixe. C'est vraiment important.
Je lui tends un morceau de naan, qu'il saisit.
— Les garçons comme toi, Seb, mieux vaut être leur amie que leur amante. On a tous les avantages d'une relation, sans les inconvénients.
— Mais pas de sexe ! précise-t-il.
— C'est sûr, mais du sexe découle une autre forme d'attachement. Enfin, dans mon cas, ça fonctionne comme ça.
Nous discutons jusqu'à minuit, puis nous dirigeons vers le métro, bras dessus bras dessous. Nos chemins se séparent et je me retrouve seule dans la rame, au milieu des filaments lumineux. J'ouvre *L'Ombre du vent*, de Carlos Ruiz Zafón. Le livre est écorné, il faut dire que je l'ai malmené dans mon

sac à main. À mesure que je lis, les mots se posent sur moi et m'apaisent.

L'horloge de mon âme s'est arrêtée sur un quai de gare lorsque j'avais seize ans. Depuis, il y a toujours eu comme un dysfonctionnement. L'abandon était trop rude, la solitude trop dure pour la personne que j'étais à l'époque. Même si j'ai véhiculé l'image de quelqu'un d'accompli, j'ai toujours entendu la cassure. Les petits morceaux tombés, qui ne trouvent plus leur emplacement. J'ai vécu avec la peur d'être brisée un peu plus encore, jusqu'à ne plus pouvoir marcher.

Il m'arrive, aujourd'hui encore, d'être traversée par des réminiscences difficiles, mais je ne suis plus paralysée. La peur de la disparition s'évapore, peu à peu. La faim de l'autre se tarit. Je caresse enfin la sérénité du bout des doigts.

En arrivant à l'appartement, j'abandonne mon livre sur la table. Je vérifie mes e-mails.

De: jonathan.masson@gmail.com
À: alice.duval@orange.fr
Objet: Nouvelles
Date: 09/04/12

Chère Alice,

Cela fait longtemps que je ne t'ai pas donné de nouvelles. J'espère que tu vas bien.

John.

Je fixe cette ligne avec intensité. Aucune larme ne survient. Simplement une joie immense.

Tu avais raison, John. Bien sûr que tu avais raison. Il fallait prendre le temps de soigner l'enfant que tu as connue. Rien n'est encore gagné, mais enfin je me sens sur la bonne voie. Celle qui m'éloigne des endroits sombres.

Autrefois, j'aurais envoyé une photo à Laëtitia, je lui aurais livré toute la vérité sur sa vie factice. Mais je ne l'ai pas fait. Laura est morte, je l'ai enterrée l'année dernière. Une question demeure. Ai-je aidé ces femmes ? La solution que je voulais, moi, n'a peut-être été qu'une apocalypse insurmontable pour d'autres.

Quelque chose me démange. Je me déconnecte de mon compte, puis saisis l'adresse e-mail de Laura, ainsi que le mot de passe. Jamais je n'ai ouvert les réponses que j'avais reçues, estimant que ce n'était plus de mon ressort.

Cent-trois e-mails non lus. Eh bien. Les enveloppes jaunes me narguent. Les spams côtoient les messages de femmes dont les noms me sont familiers. Sandra. Ludivine. Maude. Anna. Celles à qui j'ai envoyé un courrier n'avaient pas la possibilité de réponse.

J'ouvre les e-mails les uns après les autres.

De : sandra.thierry@orange.fr
À : laura.vertium@hotmail.fr
Objet : re : Vérité
Date : 20/07/10

Tu me prends vraiment pour une conne, Céline. Pauvre meuf. Tu n'as rien trouvé de mieux à faire que de monter un truc aussi tordu? Cyril te l'a déjà dit: c'est fini! Il m'avait prévenue que son ex tarée ferait tout pour nous séparer. Ça ne marchera pas. Achète-toi une vie ou je porte plainte pour harcèlement moral!

De: ludi.patret@gmail.com
À: laura.vertium@hotmail.fr
Objet: re: Vérité
Date: 12/08/10

Bonjour à vous, qui que vous soyez,

Je ne sais pas par où commencer. En découvrant la pièce jointe de votre mail, j'ai été effondrée pendant quelques heures, j'ai cherché à comprendre, je vous ai détestée, aussi... J'ai vu la date de la photo, qui correspondait au week-end de mon enterrement de vie de jeune fille. Charmant, charmant, charmant... Que j'ai pu être stupide! J'avais des doutes, bien sûr, mais je m'accrochais à ce qu'Antoine me disait, qu'il m'avait trompée une fois, oui, mais que ça avait été une erreur, qu'il était bourré ce soir-là, qu'il n'était pas lui-même... Comme si l'alcool était une excuse pour tout, pas vrai? Et dire qu'on doit se marier dans un mois!
Maintenant, j'ai une preuve. Elle me fait mal, oui, horriblement mal, mais au moins je sais que mon intuition se vérifie, j'ai enfin quelque chose pour

lui renvoyer la vérité à la figure, pour qu'il assume ses actes. Au fond de moi, j'ai toujours soupçonné que la première infidélité que j'avais découverte n'était pas un « incident isolé », mais j'ai voulu croire en sa bonne volonté, c'était tellement plus facile : c'était précisément ce que je voulais entendre, la réalité que je voulais. Seulement, tout ça n'est qu'un énorme mensonge, je ne le supporte pas, et je crois que j'ai le DROIT de ne pas le supporter, vous voyez ce que je veux dire ?
Je ne sais pas pourquoi vous avez fait ça, mais je vous en remercie. Si vous voulez prendre la peine de m'expliquer, je suis prête à vous entendre.

Ludivine

De : ludi.patret@gmail.com
À : laura.vertium@hotmail.fr
Objet : re : Vérité
Date : 13/08/10

Bonjour à vous,

C'est encore Ludivine.

Vous n'avez pas répondu à mon message, j'aimerais vraiment que vous m'expliquiez tout. J'ai rompu avec Antoine hier, je lui ai montré la photo, bien sûr, il a nié, il a inventé des mensonges énormes, jamais je ne l'ai vu aussi paniqué. Je me sens soulagée, mais j'ai besoin de vous parler, j'ai besoin d'avoir des réponses sur ce qui s'est passé! Depuis combien de temps le connaissez-vous? Est-ce que ça a été une relation longue? Je vous en prie, il ne me dira jamais la vérité, j'ai besoin de comprendre pour passer à autre chose...

Ludivine

De: ludi.patret@gmail.com
À: laura.vertium@hotmail.fr
Objet: re: Vérité
Date: 15/08/10

Je vous en prie, vous ne pouvez pas m'avoir envoyé ce mail comme ça et refuser maintenant de me donner plus d'explications! Répondez-moi, j'en ai vraiment besoin! Je ne vais pas vous en vouloir, je vous le promets. Je vous suis reconnaissante d'avoir eu le courage de ne pas jouer le jeu de la trahison, ce que d'autres filles ont dû faire. Je suis sûre que c'est aussi pour moi que vous l'avez fait. Répondez-moi...

Ludivine

De : jolie_maude75@yahoo.fr
À : laura.vertium@hotmail.fr
Objet : re : Vérité
Date : 30/10/10

Salut,

Merci pour le mail, c'est sympa, mais, comment dire… Alex et moi sommes un couple libéré, tu vois, donc je sais qu'il s'est tapé une nana avant-hier, il m'a tout raconté (en détail). Dommage que tu t'accroches comme ça, surtout en envoyant un truc pareil ! Jamais je ne quitterai Alex pour être allé voir ailleurs et inversement. Il faut profiter de la vie. Le sexe et l'amour sont deux choses différentes ! Tu devrais être moins coincée, tu vois ?
En tout cas, notre porte est ouverte…

Maude

De : anna.agnesi@gmail.com
À : laura.vertium@hotmail.fr
Objet : re : Vérité
Date : 02/12/10

???!!! C'est quoi ce délire???!!!!!! Vous êtes qui???!

Je cueille ce bouquet de réactions différentes. Des insultes, des atermoiements, des remerciements, de la moquerie, de la sérénité aussi… Pour Sandra, je suis une ex manipulatrice voulant nuire à son couple. En revanche, cette révélation a changé la vie de Ludivine, l'a empêchée de faire ce qu'elle a jugé à rebours être une erreur impardonnable. Elle était anéantie à l'époque, cherchait de l'aide. Une aide que je ne lui ai jamais offerte.

Je ferme la fenêtre ouverte sur tous ces messages ignorés. Impossible de savoir quoi en penser. Ma démarche a été bénéfique dans certains cas, pas dans d'autres. Dans le lot, il y avait évidemment un paquet de menteurs, mais aussi des hommes qui vivaient en couple libre. C'est plutôt une bonne surprise, qui me fait sourire. Pas de mensonge, pour le coup. Je découvre aussi, au fil des messages, des femmes qui n'acceptaient pas la part sombre de la vie de leur moitié et qui n'auraient renoncé sous aucun prétexte à leur relation – quitte à trouver toutes les excuses possibles pour la maintenir. C'est leur choix, leur décision. et peut-être aussi leur façon à elles d'être heureuses.

Ces différents e-mails sont de puissants boomerangs qui me renvoient mes actions passées. Depuis que je perçois les liens, je n'ai fait que les rompre entre les couples. Je me suis focalisée sur ma propre douleur, ma soif de revanche. Cela m'a conduite à l'isolement, aux relations éphémères.

Peut-être qu'il est temps de passer à autre chose.

Chapitre 11

Poussière

Présent
6 janvier 2012

— Il y a le train de 17 h 42. Pas mal, ça, non ? On part un peu en avance, la gare de Lyon n'est pas si loin.

Raphaël consulte mon écran par-dessus mon épaule. Sa peau frôle la mienne. Nous sommes au milieu de l'open space, mais il ne semble pas se soucier du regard des autres.

— Oui, on peut prendre celui-ci, dis-je tout bas.

Je clique sur « Valider ma commande ». Voilà. Nous avons réservé nos billets de train pour Marseille. Nous partons tout à l'heure, pour le week-end. Mon manager regagne sa place. Shamin le suit du regard, puis me fixe avec insistance. Malgré son casque sur ses oreilles, je suis certaine qu'elle n'a pas perdu une miette de notre conversation. Elle se doute de quelque chose. Il faut bien admettre que Raphaël n'a pas fait preuve de discrétion sur ce coup-là. Au lieu de m'envoyer un message instantané, il s'est posté à mes côtés et a parlé tout haut.

En fait, malgré le stress que cette situation génère de temps à autre, je crois que je m'en fiche. Cela ne rime à rien, c'est dangereux, oui. Me voilà son alliée dans ses mensonges. Cela va à l'encontre de mes convictions, mais j'ai fini par lâcher prise.

Je tombe.

L'ascenseur s'ouvre sur M. Reuilly, le P-DG. C'est la première fois que je le vois depuis mon arrivée. Apparemment, il s'est beaucoup déplacé ces derniers temps. De taille moyenne, les cheveux blancs, son visage est agréable et ouvert. De très nombreux fils dansent autour de lui. Il salue tout le monde, puis s'arrête devant Raphaël. Tous deux se serrent la main. La tension est palpable.

— Finalement, tu ne viens pas à Londres ?

Mon manager se tient très droit, le menton relevé.

— Non, hélas, je ne peux pas me libérer.

Quel mensonge éhonté devant tous les employés. Ils nous ont sûrement vus réserver les billets. Les choses tournent mal. Embarrassée, je me concentre sur l'e-mail que je suis en train de rédiger.

— Comme tu veux. Quoi qu'il en soit, il me semble important que nous ayons une petite conversation, toi et moi.

Il pose sa main sur l'épaule de Raphaël. Ce dernier ne frémit pas, mais je vois à l'ourlet de ses lèvres que ce simple contact l'irrite.

— Bonne soirée, lance M. Reuilly en partant.

— Bonne soirée, répond mon manager d'un ton neutre.

Le bruit des pas du P-DG s'évanouit. Je reprends mon souffle. Il ne m'a pas accordé la moindre attention. Tant mieux.

L'heure tourne. Vient le moment de s'en aller. Il faut croire que le passage du beau-père a calmé Raphaël, qui m'envoie un message :

Raphaël Noiral : On décolle ?

Alice Duval : Ce n'est pas un peu risqué de partir ensemble ?

Raphaël Noiral : On s'en fout. Go !

Nous lançons un « Bonsoir » enjoué à Shamin, Romain et Sébastien, puis nous échappons de Linker. L'air saturé de Paris nous semble soudain une délicieuse bouffée d'oxygène. Nous prenons le métro jusqu'à Gare de Lyon, courons, attendons devant une borne, compostons nos billets. Alors que nous nous installons à nos places, le portable de Raphaël sonne. Une Laëtitia souriante en maillot de bain apparaît sur l'écran. Il décroche.

— Oui, allô ? Oui… Hein ? OK. Non, non, je suis en route pour l'appart, là. Oui. Ah, c'est bien. On se rappelle ce soir ? Oui. Je t'aime aussi. Bisous.

Je me tourne vers la fenêtre et observe les gens se hâter le long du quai, encombrés de valises. Les bribes de la conversation téléphonique me mettent mal à l'aise, je sens la tristesse me gagner. Tout ceci n'est qu'une situation précaire, je l'ai compris depuis longtemps, et pourtant ce rappel à la réalité me fait mal.

— J'ai un cadeau pour toi.

Il me tend un épais roman. *L'Ombre du vent*, de Carlos Ruiz Zafón.

— Pourquoi ? demandé-je, sur la défensive.

— Ça m'a fait penser à toi.

— Ah.

— Tu aimes lire, non ?

— Comme beaucoup de gens…

— Je t'assure, c'est pour toi.

J'accepte le présent, le feuillette brièvement, puis le range dans mon sac.

— Quelle reconnaissance ! marmonne-t-il.

— Merci, dis-je en mimant une petite fille polie.

Une voix masculine s'élève :

— Le train numéro 7854 à destination de Marseille va partir. Attention à la fermeture automatique des portes. Attention au départ.

Nous y sommes. En route vers le sud, vers mon enfance. En compagnie de Raphaël. Il y a comme des graines de folie dispersées dans ma vie. Je les laisse pousser, les arrose même. Euphorie et appréhension se mêlent. Je ferme les yeux et me laisse bercer par les mouvements du train. J'essaie de m'endormir, en vain. Tous mes sens sont tendus, en alerte. Impossible de me raccrocher au paysage, la nuit a déjà tout englouti.

— À l'occasion, demande soudain Raphaël, tu pourrais observer les liens qu'entretiennent les différents employés avec le P-DG ?

— Pourquoi ?

— Pour savoir, c'est tout…

J'hésite, puis aborde le sujet :

— Il y a pas mal de tension entre vous, non ?

— Ouais. Je te l'avais dit. Je suis la pièce rapportée, le loup dans la bergerie.

— Charmante image. Un prédateur.

— Il me voit comme ça.

Peut-être parce que, au fond, c'est ce que tu es avec les femmes.

— C'est drôle, dis-je, je n'imaginais pas du tout Laëtitia ainsi.

— Qu'est-ce que tu veux dire ? demande-t-il, une pointe d'agressivité dans la voix.

— Je ne sais pas… Elle fait plus jeune que toi, je trouve. Elle fait simple.

Simple, pour ne pas dire banale.

— Et alors ?

— Quel est son mot, à elle ?

Son regard se perd dans le vague.

— Acceptation, répond-il.

Acceptation. Forcément, il faut être conciliante pour se marier avec un tel homme sans sombrer dans la paranoïa. Son côté séducteur ne trompe personne. Je ne relance pas la conversation et fais mine de dormir. Raphaël en fait autant.

Les heures s'écoulent dans un silence empli de pensées flottantes. Enfin, nous arrivons à destination. Nous sortons du wagon, légèrement ensommeillés. Je foule de nouveau ce maudit quai, mais tout a changé, maintenant.

— Ma grand-mère habite à vingt minutes à pied, tu es motivé pour marcher ?

— Bien sûr.

Sans que je demande quoi que ce soit, il s'empare du sac qui pèse sur mes épaules. La nuit a ce goût de sel qui m'a tant manqué.

— Au fait, je ne t'ai jamais demandé, tu aimes ton job ?

Cette question est un crochet qui me ramène au travail, dans ce bâtiment, à la lumière crue des néons.

— Ça va…

— Depuis que tu es là, il y a une nouvelle saveur : le danger.

— Le danger, répété-je. Le danger pour toi.

— C'est vrai. Je risque gros en partant comme ça avec toi.

Nous arrivons enfin devant la maison de mon enfance. Je tire la clé de ma poche, ouvre la porte. Les meubles ne sont que des ombres. Je remets le compteur, et tout s'éclaire. C'est tellement étrange de voir Raphaël ici. On dirait une silhouette superposée à la réalité bien tangible, une présence décalée, anormale.

Nous nous rendons dans le salon. La table d'acajou est recouverte d'une fine couche de poussière. Je retire les bâches sur les fauteuils.

— Ta chambre est sur la droite, dis-je, si tu veux poser tes affaires.

— Et la tienne ?

— Tu n'as pas besoin de le savoir ! dis-je avec amusement.

Je le laisse le temps de prendre une douche rapide, afin de chasser les raideurs musculaires dues au voyage. Quand je reviens, il brandit un cadre photo.

— Comme tu étais mignonne ! lance-t-il.

Je me penche pour voir le cliché. John et moi, tout sourires, sur la plage, entourés de jouets.

— C'est ton frère ? demande-t-il.

— Non. Mon ami d'enfance.

— Celui qui t'appelle Merveille ?

— Exactement. Quelle mémoire !

Il repose le cadre sur l'étagère. Dans la cuisine, je trouve un paquet de pâtes. Nous mangeons sur la petite table, près de la porte-fenêtre qui donne sur le balcon. L'espace de quelques secondes, le visage de Raphaël s'efface, et je revois ma grand-mère.

— On peut commencer par sa chambre, propose-t-il.

— Ça fait bizarre de me dire que je vais fouiller dans son intimité… Finalement, on ne connaît rien de la vie des membres de notre famille.

— Tu as peur de ce que tu vas trouver ?

— Un peu.

— Imaginons qu'on ait hérité ce don de la génération au-dessus, ça signifie que ta grand-mère aussi voyait ces fameux liens lumineux. Si elle vivait avec ça, elle a forcément dû laisser une trace, un indice, en parler quelque part. Peut-être que, durant sa vie, elle a eu le temps d'en percer le fonctionnement, et savait que ça t'arriverait un jour.

Je réfléchis intensément. À part son obsession pour le bleu de mon regard, je ne trouve aucune référence à cela dans ma mémoire.

Une fois le frugal repas englouti, nous nous rendons dans la chambre qui fut la sienne durant tant d'années. Un lit double, une large armoire, un bureau couvert de paperasse. Nous prenons les piles de feuilles et nous installons à même le sol. Des dossiers administratifs. Des cartes postales. Parmi les lettres, j'en reconnais une de la mère de Jonathan, puis une de ma tante… J'ouvre cette dernière. Quelques lignes attirent mon attention.

> « J'ai accueilli Alice quelques jours à la maison la semaine dernière. Tu as raison, elle semble assez triste, ces derniers temps. Sans doute des préoccupations adolescentes. En tout cas, je ne me fais pas de souci pour son bac. »

Je me souviens de ce séjour. C'est drôle, je pensais vraiment avoir réussi à dissimuler mon mal-être. Que l'on peut être naïf, à cet âge-là, de penser que rien ne suinte de notre intériorité.

J'ouvre l'une des malles sous le bureau. Ma grand-mère y stockait mes dessins. Son obsession de tout garder nous donne un travail colossal, mais également l'espoir de trouver un indice. Au milieu des pochettes cartonnées se trouve une boîte en bois de taille moyenne, agrémentée de spirales dorées. À l'intérieur, une multitude de bagues scintillent. J'ai la sensation d'avoir trouvé un trésor. Puis la joie est balayée par la nostalgie. Ces cailloux trouvaient autrefois leur place aux doigts de mamie. Les voici à présent abandonnés.

Pendant que j'essaie les bijoux, Raphaël s'adosse à l'armoire et fait défiler des feuilles de papier.

— Ah, j'ai trouvé l'un de tes bulletins de notes, tiens ! « Élève sérieuse et appliquée. » Tu n'as pas beaucoup changé.

— Pourquoi tu dis ça ?

— Disons que tu n'es pas du genre à lâcher prise.

— Crois-moi, j'ai bien progressé là-dessus ces derniers temps.

Il me jette un regard empreint de curiosité.

— Ah, enfin, Merveille va en dire plus…

— N'y compte pas.

— Tu sais, s'autoriser le droit à l'erreur, c'est important.

— Qu'est-ce que tu veux dire ?

Il reprend sa lecture avec un demi-sourire provocant. La sonnerie de son téléphone résonne dans la maison, mais il ne répond pas. Sans aucun doute Laëtitia. Sa présence invisible se dresse entre nous. Je mets de côté la boîte pour continuer mes fouilles. Les heures s'écoulent. La chambre devient un champ de bataille jonché de papiers.

— Et toi ? demandé-je soudain. On se préoccupe de mon cas, mais qu'est-ce qui te pousse à croire que ton grand-père pourrait t'avoir transmis le don de percevoir la motivation principale des gens ?

Raphaël a un haussement d'épaules, sa mâchoire se crispe très légèrement. Le sujet l'embarrasse, doit être douloureux.

— Une intuition, encore une fois.

Il se replonge dans la lecture de factures, puis prend de nouveau la parole sans lâcher les chiffres EDF du regard :

— Je ne t'ai pas dit toute la vérité sur le moment précis où tout a changé. Quand mon grand-père est mort, je suis resté une journée entière devant sa tombe, agenouillé, à chialer. Je pleure rarement, tu vois, et surtout pas devant les autres, alors tu imagines… Ma famille a essayé de me faire partir pendant des heures, ils ont veillé sur moi à tour de rôle. C'est quand j'ai fini par me relever, complètement épuisé, que les mots ont surgi.

Il n'y a pas que les grands-parents dans les deux situations, alors, mais les larmes aussi. Un moment de transe doublé d'un désespoir profond. Est-ce que ce serait cela, le déclencheur ?

Raphaël continue d'éplucher les factures sans y prêter vraiment attention. J'aimerais le questionner davantage sur ses rapports avec son grand-père, mais je sens que ce serait une offense à sa pudeur. Cet aveu est déjà un progrès et me permet d'y voir un peu plus clair dans son opacité. Toute tentative d'en savoir plus à ce sujet risquerait de le braquer, de lui faire reprendre son masque.

— Tu as pleuré devant moi, au nouvel an, fais-je remarquer pour tenter de rebondir.

— C'était un accident, j'étais à bout.

Nous poursuivons nos recherches en silence. Bientôt, je bâille à m'en décrocher la mâchoire.

— Ça suffit pour ce soir, non ? demande-t-il. On est crevés.

— Oui, tu as raison.

Je lui apporte des draps propres et l'aide à faire son lit.

— Tu crois qu'on va trouver quelque chose ? fais-je.

— Au moins, on aura essayé.

— C'est sûr. Bon, on reprend dès demain matin.

Alors que je vais quitter la pièce, il me saisit le bras avec douceur.

— Tu ne veux pas dormir avec moi ? Ce ne serait pas la première fois…

Tentation. Non. Sois forte. Souviens-toi de qui essaie de le joindre, du fait qu'il a toute sa vie ailleurs. C'est trop intense pour être sans conséquences.

— Bonne nuit, Raphaël.

Je me rends dans mon ancienne chambre, une petite pièce à la tapisserie fleurie. Je retire mon pantalon, mon chemisier, et les pose sur une chaise bien familière. Combien de devoirs ai-je rédigés ici ?

À peine me suis-je glissée sous la couverture que la porte grince. Je me redresse avec lenteur. Raphaël entre sans rien dire, puis s'installe à côté de moi. Nous nous dévisageons gravement, puis je tente de retenir un éclat de rire. Il m'enlace. Ses lèvres cherchent les miennes, mais je me détourne.

— Ce n'est vraiment pas une bonne idée. Je ne suis pas une fille comme ça. Pas un divertissement.

— Je sais bien.

— Alors ?

— Alors on va simplement dormir ensemble.

Mes muscles se relâchent aussitôt. Je me serre contre lui, respire son parfum. Sentiment de sécurité.

— Fais de beaux rêves, Merveille.

— Toi aussi.

Tout s'arrête. Je goûte le présent, oublie sa fuite en avant vers l'avenir. Il n'y a plus que son corps en contact avec le mien, sa chaleur, sa vibration. Cette retenue du désir au profit de la tendresse est à la fois belle et apaisante.

Le silence de la maison est l'écrin parfait pour cet instant.

Futur
13 avril 2012

C'est la première fois que je vais chez Shamin. Son appartement est à son image : sobre et élégant. Une agréable odeur vient me narguer depuis la cuisine. Nous avons déjà bien entamé les gâteaux apéritifs, vautrées dans le canapé.

— Qu'est-ce qui sent bon comme ça ?

— J'ai fait des cupcakes, dit-elle avec fierté.

— Je ne pensais pas que tu étais une cupcake-girl.

— Ça fait partie de mes passions inavouées !

Si Shamin est un véritable mur dans le cadre de l'entreprise, une fois passé la porte de chez elle, une grande douceur vient éclairer ses traits. Elle qui peut être si sèche semble soudain déborder de bienveillance. D'humanité.

— Tu as vu la nouvelle stagiaire, Pauline ? demande-t-elle.

— Ah, oui, la grande brune ?

— C'est ça. Eh bien, Romain ne l'a pas approchée une seule fois. Pourtant, elle est là depuis deux semaines maintenant.

— Voilà qui est louche. Qui sait, il a peut-être fait sa tentative *via* la messagerie instantanée ?

— Possible.

— D'ailleurs, tu sais si le CDD de Romain sera renouvelé ?

— Toujours pas. Christine émet quelques réserves concernant sa maturité. Là-dessus, je ne peux pas vraiment apporter d'objection solide.

C'est le jeu des chaises musicales. Les bureaux restent les mêmes, mais les personnes qu'on place derrière changent régulièrement. Shamin apporte le plat sur la table basse : des makis maison. Saumon, avocat, crevettes… Nous nous régalons.

— Raphaël a donné signe de vie ? demande-t-elle.

— Non.

— Tu crois qu'il va te recontacter ?

— Ça m'étonnerait.

Elle utilise ses baguettes avec agilité tandis que je fais tomber plusieurs fois mon maki.

— Quand même, c'était un cas, ce type, soupire-t-elle.

— Il était spécial, c'est sûr…

L'imparfait. À croire qu'il est enterré.

— Va savoir ce qu'il voulait véritablement avec toi, pour s'être mis dans une situation pareille. C'est quand même intriguant.

Elle ne dispose pas de toutes les données de l'histoire et, hélas, je ne peux pas les lui livrer.

— Je crois que c'est ma malédiction, ces dernières années. J'attire les hommes en couple. Ceux qui ont des doubles vies.

Oui. Ils me chassent autant que je les chasse. Le jeu du chat et de la souris.

— Il n'y a pas de malédiction. Tu sais ce que ça me rappelle ? Un passage de mon auteur préféré, Haruki Murakami, dans *Kafka sur le rivage*. Il compare le destin à une tempête. Je ne me souviens plus de la citation exacte, mais l'idée, c'est que nous sommes tous pris dans le déchaînement des éléments. Quand tu bouges, la tempête bouge aussi. C'est sans fin, parce que le phénomène n'est pas extérieur, mais vient de l'intérieur de soi-même.

— Tu veux dire que je me suis mise dans cette situation ?

— En tout cas, si tu aimantes ce type d'hommes, il doit y avoir une raison. Tu sais, on fonctionne tous selon certains schémas. Les histoires répétées font notre faiblesse. La difficulté, c'est de les identifier, puis d'en sortir.

Avec Raphaël, il y avait une nuance. Cette connexion à cause de nos dons. Ce canal de communication.

— Tu n'as personne en vue, en ce moment ? insiste-t-elle.

— Non.

Parce que, même si certains ont des qualités indéniables, toute relation me paraît fade en comparaison de celle qui vient de s'éteindre. Pourtant, je dois faire le deuil de cette intensité. Ce qui est atomique est destructeur.

— Tu sais, ajoute-t-elle, il y a quelqu'un qui m'a énormément aidée durant mon divorce. Mon ostéopathe.

— Euh… ton ostéo ? Je me plains souvent de douleurs au dos, mais c'est simplement à cause du temps passé devant l'ordi.

— Tu devrais y aller. Il a une technique particulière, très douce, basée sur les tissus et l'ensemble corps-esprit. J'ai envoyé trois de mes amis le consulter, et tous ont pleuré. C'est un type qui a une très grande écoute.

Elle note ses coordonnées sur un morceau de papier, puis le place dans ma paume et referme ma main dessus.

— Vas-y juste une fois, pour voir. Je te jure que, d'une façon ou d'une autre, cela t'aidera.

— Bon, OK.

Connaissant les exigences de Shamin, cet homme ne doit pas être un charlatan.

— Au fait, dit-elle, il m'est arrivé quelque chose d'assez troublant, aujourd'hui.

— Ah ?

— Nicolas, un ancien collègue que j'appréciais beaucoup, m'a ajoutée comme amie sur Facebook. Il était parti vivre à Bruxelles et, apparemment, il est revenu à Paris.

Quand elle prononce ces mots, l'un de ses liens se met à scintiller d'une lumière plus vive, puis se tend. Je ne me lasse jamais de contempler ce phénomène, ce moment où l'élan naît.

— Et ?

— Il me plaisait vraiment, à l'époque où je travaillais chez Danone. Le jour de son départ, j'ai regretté de ne pas avoir fait un pas vers lui.

Elle médite sur ses propres paroles, les lèvres serrées.

— Il y a des moments comme ça, on sent qu'on a raté quelque chose. C'est l'occasion manquée.

— Tu devrais le recontacter.

— Pour dire quoi ? Et puis, depuis le divorce, je me sens comme pétrifiée. Il va me falloir du temps. Si je lui écris et qu'il ne me répond pas, je le prendrai mal.

Sous ses airs de confiance absolue, Shamin redoute elle aussi d'être rejetée. Quelque part, c'est rassurant, et cela lui confère sa dernière note d'humanité. Je repère le lien qui a brillé un peu plus fort. Celui qui part vers le nord. La plupart des autres vont vers l'ouest, sûrement en direction de sa famille.

Le reste de la soirée est une succession de discussions passionnantes, de celles qui pointent des problèmes, vous plongent dans la réflexion et vous gonflent d'énergie. Lorsque je rentre chez moi, mon premier réflexe est de vérifier les amis Facebook de Shamin. Nicolas Henry. Ce doit être lui. Il n'y a qu'un cliché de paysage en guise de photo de profil. Aucune information. Je sors l'adresse de l'ostéopathe de la poche de mon manteau. Ce petit morceau de papier résume à lui seul toute la bienveillance de ma collègue. Elle sait que je vais mieux qu'il y a quelques mois, mais elle veut que j'aille mieux encore.

N'est-ce pas aussi ce que je lui souhaite ? Après avoir tant coupé ce qui lie les individus, je peux peut-être rétablir les attaches.

Reconnecter.

Chapitre 12

Entraves

Présent
7 janvier 2012

Le soleil éclabousse le Vieux Port de Marseille, saupoudre la mer d'étincelles. Raphaël et moi marchons au milieu de la foule. Lui contemple les rangées de bateaux ondulant au gré de la houle, moi les bâtisses aux toits ocre. Ces maisons m'ont manqué. Je m'imagine vivre de nouveau dans la région, à proximité d'une crique à l'eau claire. Tout ici semble tellement coloré, vivant. Mon exil parisien est absurde. Peut-être que c'est cette ville grise qui me dévitalise, qui absorbe tout. Là-bas, les fils détonnent sur les murs de béton. Dans cet environnement déjà inondé de lumière, le réseau visible s'intègre à merveille.

Raphaël a mis ses lunettes de soleil, cela lui donne des allures de vacancier.

— Je crois qu'on a dû voir l'intégrale de tes œuvres de jeunesse, dit-il, mais toujours rien sur ton pouvoir.

— Je préfère le terme de *don* à celui de *pouvoir*.

— Tu considères tes facultés comme quelque chose de positif ?

Je prends le temps de tourner et retourner la question.

— J'ai du mal à m'imaginer vivre sans. Avoir la cartographie des relations entre les gens, c'est plutôt un atout, non ?

— Sûrement. Mais, comme pour tout, il y a un pendant d'ombre, une contrepartie. Ça signifie que tu as accès à des informations que tu es censée ignorer. C'est un peu de la triche, en fait.

— Un peu, en effet.

— Je ne suis pas certain qu'il faille tout savoir. Je veux dire, c'est peut-être pire. Ça doit tuer beaucoup d'espoirs.

Ces phrases me rappellent des mots prononcés par John. *Tu ne supportes pas que les personnes que tu aimes aient un jardin secret. Tu voudrais la vérité, et toute la vérité.*

Dois-je raconter à Raphaël ce qui m'est arrivé ? Les mensonges de cet homme rencontré ici même, l'innocence de mes seize ans. Je le vois déjà hausser les sourcils, rester muet, mais son regard parlerait malgré tout. J'y décèlerai une pointe de tendresse, mais aussi une certaine pitié. Malgré les failles déjà dévoilées, cela reste le jeu des barricades. On sait tous deux qu'elles existent, qu'il y a des pans de vie à découvrir derrière, mais personne n'ose y toucher. Il y a trop de tension pour s'abandonner complètement, que ce soit de mon côté ou du sien.

— C'est sûr que je me suis rendu compte que les gens dissimulaient bien plus que je ne le pensais, dis-je avec prudence.

— C'est normal, ils essaient de composer avec leurs

désillusions. On nous vend tout au long de notre existence l'idée de la vie à deux, de la prospérité, de la beauté et du travail comme des recettes du bonheur. C'est fou de constater à quel point on se sent rassuré derrière des barreaux.

— Sûrement parce que c'est plus facile de vivre comme ça, en sachant qu'il y a un chemin tracé pour nous. Il n'y a plus qu'à s'y engouffrer.

— Ouais. Monter dans des wagons identiques, suivre les rails sans jamais en sortir. Les arrêts sont les étapes obligatoires, et puis, à la fin, c'est le même sort pour tout le monde.

Nous nous immobilisons devant la carte d'un restaurant.

— J'ai envie de gambas, dis-je.

— Parfait, alors déjeunons ici.

Nous nous installons et je sors de mon sac à main les cinq carnets trouvés ce matin. J'en ouvre un, quelques pages tombent près de mon assiette. Des listes de courses. *Dentifrice. Produit vaisselle. Tomates. Oignons. Chocolat pour Alice.* Cette dernière ligne m'arrache un sourire. Mamie avait toujours la petite attention qui allume de la joie. Je trouve des listes de corvées. Des numéros de téléphone. Des dates. Une photo. Le mariage de ma cousine Sophie, en 2006. Cela semble à la fois si proche et si lointain. À l'époque, mamie était encore en pleine possession de ses moyens.

— Bizarre, lance Raphaël.

— Quoi ?

— J'ai peut-être un truc.

Il me tend un petit carnet épais à la couverture noire. Son index se pose sur quelques mots.

« Toile // Transmet les vibrations quand quelqu'un touche un fil
Alerte »

Je relis encore et encore. Quelles étranges notes ! C'est bien l'écriture de ma grand-mère, ronde et déliée. Autour, il n'y a que des gribouillis, de ces arabesques au stylo que l'on trace lorsque l'on s'ennuie ou que l'on est au téléphone. Les pages suivantes sont vierges.

Fil. Toile. Voilà qui entre en résonance avec mon don. Le terme de vibrations me dérange néanmoins, crée un dénivellement avec le reste. Cela m'évoque les araignées qui sentent lorsqu'une proie est prise.

— Qu'est-ce que tu en penses ? insiste-t-il.

— Je n'en sais rien.

— Un peu trop vague, non ?

— En effet, on ne peut pas en tirer de conclusion.

Il s'agit très certainement d'une coïncidence. Ce serait trop facile d'y injecter du sens.

Le serveur arrive près de nous, prend notre commande. Lorsqu'il s'en va, Raphaël pousse un soupir.

— Séduction.

— Quoi, séduction ? demandé-je.

— C'est le leitmotiv de ce type. Enfin, rien qu'à la façon dont il t'a parlé, pas besoin d'avoir un sixième sens pour le comprendre.

— Et toi ? Tu sais ce qui te définit ?

Il plisse les yeux.

— Je ne suis pas certain. Tu peux voir tes propres liens, c'est bien ça ?

J'approuve d'un hochement de tête.

— Hum. Ça doit être très troublant.

— Un peu.

— Tu crois qu'il y en a un entre nous ?

Question faussement innocente. Je n'ai même pas besoin de le voir pour le sentir, ça tire quand il s'éloigne, quand il s'en va.

— Va savoir…

— Tu t'es déjà intéressée à la physique quantique ?

Raphaël, ou l'art de passer du coq à l'âne.

— Vaguement. Je sais juste que les physiciens eux-mêmes ne comprennent pas très bien ce concept, donc bon…

— Eh bien, la théorie, c'est que le monde de l'infiniment petit se comporte différemment du monde macroscopique. Il n'y aurait pas de vide, mais des particules en mouvement permanent, des échanges d'énergies. Des lois différentes. On ne parvient pas bien à saisir ce qui se passe à des échelles aussi incroyables, alors que notre monde à nous semble très ordonné. Peut-être que toi et moi, on est victimes d'une erreur du réel.

— Je ne sais pas ce qui serait le plus rassurant, un héritage magique ou les atomes qui nous jouent des tours.

Le serveur nous apporte nos plats. Raphaël lève sa fourchette, puis suspend son geste.

— Tu sais à quoi ça me fait penser ? Dans le noyau d'un atome, il y a les protons chargés positivement et les électrons chargés négativement. Le plus et le moins s'annulent.

— Comme nos dons respectifs, dis-je.

— Exactement.

Et, lui et moi, nous gravitons l'un autour de l'autre. Comme des particules. Comme des astres.

— J'ai envie de voir les étoiles.

Il me considère avec un léger étonnement.

— Ça fait longtemps que je ne les ai pas vues, précisé-je, un peu gênée.

— Très bien. On ira voir les étoiles, alors. Mais il faut s'éloigner de la ville. On va louer une voiture, ça peut être sympa.

Nous terminons le déjeuner, il insiste pour payer l'addition. Nous passons le reste de la journée à nous promener dans les rues animées, pleines d'éclats de rire et d'accents chantants. J'achète une paire de boucles d'oreilles en pierre de lune, aux reflets d'argent. Une robe couleur abricot aux manches évasées. Une paire de chaussures aux talons bien trop hauts pour que je les porte plus de quelques heures. Il se moque de moi, dit que je suis une *fashion victim*. Mes barrières tombent petit à petit, mises à mal par ce climat plus doux, par cette lumière si forte.

Les emplettes faites, nous nous mettons en quête d'une voiture de location. Je suis à la fois amusée et estomaquée de le voir signer les papiers qui nous donnent notre ticket pour une autre liberté. Ce week-end est d'une spontanéité magique.

Les portières claquent, il règle le rétroviseur, boucle sa ceinture. Nous nous élançons sur les routes. Un peu fatiguée, je croise les bras et me laisse aller à la somnolence. Quand je rouvre les yeux, la nuit est déjà tombée. Raphaël consulte le plan sur son téléphone.

— Tu nous emmènes où ? dis-je.

— À La Ciotat, il paraît que c'est beau. Et puis, il faut être loin de la ville si on veut voir quelque chose.

Quelques minutes plus tard, nous nous retrouvons au creux d'une calanque. La rumeur des vagues est une musique apaisante. Nous nous laissons tomber sur le sable. Le vallon aux bords escarpés donne un sentiment d'intimité. Sur la droite, un pic rocheux se découpe sur le ciel d'un noir cendré, balayé par quelques filaments nuageux. Les voilà, ces myriades de points lumineux qui me manquent tant. On passe de l'infiniment petit à l'infiniment grand.

La voix de Raphaël perce la pénombre :

— On ne va pas s'embrasser là, ce serait vraiment trop cliché.

Je fais tout pour retenir mon sourire.

— À ma connaissance, ce n'était pas dans le programme.

— Bien sûr que c'est dans le programme. C'est une évidence. Qu'est-ce que tu ferais ici sinon, Alice ?

Mon cœur cogne à grands coups désordonnés.

— J'essaie de comprendre ce qui m'est arrivé, tout comme toi.

Je m'allonge complètement, les mains sur le ventre, et fixe le firmament pailleté. Cette vision calme aussitôt mon émotion.

Je ne peux pas céder, c'est impossible. Tout se déroule en clair-obscur, je suis la fille du week-end cette fois, mais, le reste du temps, je serai celle de l'après-midi. Si je lui fais confiance, je serai ravagée, laminée. Une fois l'ambiguïté levée, il sera impossible de revenir en arrière.

Je dois la conserver.

— Demain, dit-il, notre train est à 15 heures. Il ne faut pas rentrer trop tard, le temps de tout ranger...

— Oui, mais j'aime bien être ici. On peut rester encore un peu ?

Je tourne la tête vers lui. Il me regardait déjà, je devine son expression audacieuse.

— Autant que tu veux, Merveille.

Futur
16 avril 2012

Je feuillette un magazine dans la salle d'attente de l'ostéopathe. Un coup d'œil à mon portable m'indique qu'il est bientôt 13 heures. J'ai pris le rendez-vous pendant ma pause-déjeuner, j'espère que cela ne durera pas trop longtemps. Et, si c'est le cas, tant pis, il n'y aura pas mort d'homme.

— Mademoiselle Duval ?

Moi qui m'attendais à un vieillard flétri, c'est un homme d'une trentaine d'années qui se tient dans l'encadrement de la porte, un immense sourire aux lèvres.

— Par ici.

Nous passons dans une petite pièce à la blancheur immaculée. Sur un mur, une citation encadrée :

« Il n'existe rien de constant si ce n'est le changement. »
Bouddha

Je lis et relis pensivement ces lignes. Le praticien s'installe derrière un petit bureau. Sur la gauche, une table de consultation.

— Qu'est-ce qui vous amène ici ?

— La réponse serait plutôt qui, dis-je très sincèrement. Une amie, Shamin, m'a recommandé de venir vous voir.

— Où avez-vous mal ?

— Au dos.

— Retirez votre pantalon, vous pouvez garder le haut.

Merci bien. Je m'exécute et me poste devant lui, en attente. Il me fait faire quelques mouvements, puis le verdict tombe :

— Il n'y a pas grand-chose de droit, dites donc.

En voilà, une bonne nouvelle. Il m'invite à m'installer sur la table. Je m'allonge, les bras le long du corps.

— Je ne vous ferai pas mal, prévient-il avec une grande délicatesse. Je vais simplement appuyer sur différentes zones.

— Et ça suffira pour… guérir ?

Il laisse échapper un petit rire plein d'indulgence.

— La main est mon seul outil, ma croyance est la notion de globalité de l'individu. Ce qui affecte votre mental rejaillit sur votre corps et vice versa.

Je ferme les yeux et le laisse exercer plusieurs pressions sur ma nuque. S'il y a bien une connexion entre la matière et la conscience, mon don pourrait-il trouver son explication dans les traumatismes de mon passé ?

— Avez-vous vécu un important choc affectif récemment ?

Ah, la question évidente. Des souvenirs remontent aussitôt, le visage de Raphaël surtout, dans le bar indien en bas des locaux de Linker. Cette situation me rappelle soudain le stage sur le Prana avec mon ex, Louis, et les questions dépourvues de subtilité que posaient ces mystiques.

— Comme tout le monde, oui, dis-je.

Je ne veux pas trop lui en révéler afin de voir si sa pratique a un véritable effet ou si cet homme est simplement un bon psychologue.

— Vous êtes toujours sur la défensive, comme ça ?

Je garde le silence.

— Ne vous inquiétez pas, c'est un réflexe de protection très courant. J'imagine que ça a été votre façon de gérer ce qui vous est arrivé. Si je puis me permettre, vous devriez vous adresser à l'enfant en vous. Vous n'avez qu'une chose à dire à la petite Alice : que tout est terminé, maintenant.

Je reçois ses paroles les paupières closes. *La petite Alice.* Cela me rappelle l'e-mail d'adieu de John. Une larme germe au coin de mon œil. Eh bien, en l'espace de quelques minutes, il aura réussi. Shamin avait raison.

— C'est étonnant, ajoute-t-il, car au premier abord vous avez l'air de quelqu'un de joyeux et, très vite, la gravité se manifeste. Vous n'avez rien à craindre, Alice. La vie va de pair avec des blessures. Il faut simplement accepter cette éventualité et prendre conscience des situations dont on sort indemne.

Je bats des paupières. Il m'adresse encore ce sourire débordant de vie. Ses prunelles noires me font penser à Morgan, ses paroles me rappellent John. Ce médecin devient une entité neutre, et tous les hommes à la fois.

— Sur quoi vous basez-vous pour dire tout ça ? demandé-je dans un filet de voix.

— Gravité ou légèreté, il suffit de choisir. Vous pouvez tourner et retourner ce que je viens de dire, vous poser mille et une questions là-dessus, ou vous contenter de le recevoir avec le sourire.

Par mimétisme, je dévoile alors mes dents.

— On a chacun un talent, vous savez, ajoute-t-il d'une voix calme. Voilà ce que je fais du mien.

Il poursuit la séance en me faisant faire plusieurs exercices, sans parler cette fois. J'inspire et j'expire. Je n'ai pas vu passer l'heure de la consultation, le temps de ce dialogue profond. Je remets mon pantalon, un peu sonnée. En me redressant, mon port de tête est soudain plus haut, je me sens délassée. Légère.

— Je vous dois combien ?

— Rien, c'est un cadeau de votre amie Shamin. Et vous n'aurez pas besoin de revenir. Je vous fais confiance.

Je fronce les sourcils très légèrement. Il désigne la citation au mur :

— N'ayez pas peur du changement, d'accord ?

— D'accord.

Je sors du cabinet, complètement vide. J'ignore si les mains de cet homme peuvent lire les gens et les rééquilibrer ainsi, ou bien si cet ostéopathe est simplement doté d'un sacré sens de la déduction. Et, au fond, peu importe. Brusquement, mon monde intérieur s'est ouvert. Tout me semble possible.

Je rejoins Linker en regardant avec plaisir la danse des fils lumineux. J'ai bel et bien un talent, et j'ai déjà compris depuis quelque temps que le mettre au service de la destruction me fait stagner. Ce que je veux, c'est construire.

Shamin Chen: Hey! Alors, cette séance? ☺

Alice Duval: Très libératrice, merci merci!

Shamin Chen: Qu'est-ce que je t'avais dit!

Ce soir-là, lorsque Shamin enfile sa veste, je me lève aussitôt. Alors qu'elle tourne sur elle-même pour s'emparer de son sac, les traits lumineux ondulent harmonieusement. La plupart vont vers l'ouest. Un seul tend vers le nord.

Nous marchons côte à côte en direction du métro. Je ne lâche pas le rayon du regard. Lorsque nous arrivons devant l'arche verte, je lui dis que je vais faire quelques courses à la supérette qui fait l'angle. Tandis qu'elle s'engouffre sous terre, je pivote sur mes talons tout en suivant mon fil d'Ariane. Il ne va pas me sortir de mon labyrinthe, mais peut-être sortira-t-il mon amie du sien.

Cet exercice demande une concentration maximale. D'autres liens lumineux croisent la trajectoire de celui qui m'intéresse. Je ne dois jamais le perdre. Impossible d'emprunter les transports en commun. J'y vais à pied, en espérant que ce fameux Nicolas n'habite pas en banlieue.

Je marche.

Et marche encore.

Paris n'existe plus. Plus de voitures, plus d'immeubles, plus de gens. Simplement la ligne que je dois suivre, comme l'aiguille d'une boussole qui pointe toujours dans la bonne direction.

De temps à autre, un repère capte mon attention. Une station de métro, le plus souvent. Louis Blanc. Jaurès. Laumière.

Brusquement, le fil bifurque sur la droite. Disparaît à travers une lourde porte. Il y a un code à taper, mais aucun interphone.

Zut.

Je m'installe quelques mètres plus loin, sur un banc. La faim commence à me tenailler, mais hors de question de m'éloigner de mon objectif. Je dois bien garder en tête de quel rayon il s'agit. Ce serait trop bête de tout mélanger après être enfin arrivée là. J'espère ne pas m'être trompée…

Une vieille femme s'arrête devant la porte, tirant un Caddie. Je me précipite vers elle.

— Excusez-moi, j'ai rendez-vous chez un ami, mais il ne m'a pas donné le code…

Elle me dévisage avec méfiance. Mon sourire plein d'attente semble apaiser ses craintes.

— Vous me donnerez bien un petit coup de main ? fait-elle de sa voix éraillée.

Je l'aide à monter ses emplettes jusqu'au sixième étage sans ascenseur, puis je redescends dans le hall d'entrée. Les boîtes aux lettres. Je trouve immédiatement l'étiquette indiquant Nicolas Henry. Un sentiment d'extraordinaire m'étreint. Je me suis habituée à cette faculté, mais là, c'est bien la preuve que *ça* marche, quoi que ce soit. Le lien m'a conduite à la bonne personne. Après ce moment d'euphorie, j'analyse la situation. Il n'y a pas d'autre nom inscrit, donc, *a priori*, il vit seul. Bonne nouvelle. Encore faut-il savoir comment procéder. Vais-je sonner chez lui ? Ce serait peut-être un peu trop brusque, et je ne souhaite pas que Shamin se doute de quoi que ce soit. Je dois jouer le rôle de Cupidon, mais en toute discrétion. Laisser une lettre est-il vraiment moins suspect ? Je suis sûrement la seule personne à laquelle elle ait parlé du retour de son ancien flirt.

J'opte pour le message qui sera sûrement plus efficace. Cela laissera le temps à Nicolas de réfléchir, de se poser des questions, de réactiver les souvenirs. Je sors de mon sac une feuille et un stylo, et me mets à écrire contre le miroir mural.

« Nicolas,

Je suis un parfait inconnu. Vous ne me connaissez pas et ne me connaîtrez jamais. J'ai néanmoins un message à vous délivrer. Vous allez très certainement trouver cela inattendu, mais les choses auxquelles on ne s'attend pas ne sont-elles pas les plus intéressantes ?
La vie est parfois faite d'occasions manquées. Vous êtes-vous déjà demandé ce qui se serait passé si vous étiez allé au-devant de certaines situations ?
Nous avons tous peur. L'existence est une succession de collisions, tantôt douces, tantôt violentes. Des personnes nous traversent, laissent leurs empreintes. Certaines sont plus persistantes que d'autres.
Vous souvenez-vous de Shamin ?
Il se trouve que nos trajectoires se sont récemment croisées. Je crois que les vôtres aussi, il y a longtemps.
Il ne tient qu'à vous de relier ces deux sentiers parallèles.
Je sais, c'est complètement improbable, un peu fou même. Mais faites-moi plaisir – oui, faites plaisir à un parfait inconnu – et réfléchissez-y.
Ne serait-il pas intéressant d'aller de l'avant ?

Un parfait inconnu. »

Je secoue la tête de droite à gauche en glissant la feuille dans la boîte aux lettres. Décidément, je suis la spécialiste des interventions tordues.

Cette fois-ci, plutôt qu'un incendie, c'est une graine plantée. Espérons qu'elle germera.

Chapitre 13

Collision

Présent
8 janvier 2012

L'eau, la douceur et la lumière sont à présent loin derrière, englouties par la course effrénée du TGV. Je poursuis ma lecture du cadeau de Raphaël, tandis que je le vois du coin de l'œil pianoter furieusement sur son téléphone.

La femme c'est Babel et labyrinthe. Si vous la laissez réfléchir, vous êtes perdu. Souvenez-vous-en : cœur chaud, tête froide. L'a b c du séducteur.

J'arrête ma lecture à cette citation. Je suis certaine qu'elle a également retenu l'attention de Raphaël. C'est à la fois curieux et rassurant d'imaginer qu'il a lu *L'Ombre du vent*. Un condensé de nostalgie et de poésie, agrémenté de quelques maximes sur les rapports entre les hommes et les femmes.

— Alors ? Ça te plaît ?

— Je te dirai quand j'aurai terminé.

Malgré nos fouilles énergiques, nous n'avons rien trouvé dans la maison, si ce n'est des bribes insoupçonnées de la vie de ma grand-mère. Une correspondance avec un autre homme que mon grand-père, cachée dans le double-fond d'un tiroir. Si Raphaël s'est régalé de la lecture des lettres enflammées, j'ai préféré m'abstenir. Les quelques lignes griffonnées sur le petit carnet sont tout ce dont nous disposons. Autant dire rien. Si ma grand-mère avait elle aussi un don, elle n'en a en tout cas laissé aucune trace.

— Peut-être qu'il ne s'agissait pas d'une transmission, dis-je. Et si le décès de certains proches pouvait provoquer l'apparition d'aptitudes spéciales ?

— Mais pourquoi ? soupire Raphaël. Pour quelle raison ?

— Une sorte de contrecoup psychologique.

— Ça me paraît un peu léger, comme hypothèse.

— On cherche peut-être le rationnel là où il n'a plus lieu d'être.

Une voix féminine annonce l'arrivée en gare. Notre voyage improvisé s'achève. En foulant le béton du quai, les regrets m'assaillent. Qu'il se passe quelque chose entre nous était à la fois la première et la dernière chose que je souhaitais. L'Alpha et l'Oméga. Je suis au milieu de l'alphabet, sans savoir de quel côté aller.

— J'irais bien manger quelque chose avant de rentrer, fait-il.

— Il y a plein de brasseries à la sortie.

Les bruits de la circulation et les Klaxons reprennent le pas sur la conversation. Raphaël pointe du doigt une enseigne rouge.

— Ici, ça te va ?

Le Terminus. L'endroit où j'avais revu Cyril, ma première victime, la première pièce de mon mécanisme de chasseuse. John revient me hanter, sa déclaration, sa déception, sous ce même arrêt de bus. Aujourd'hui, ce n'est plus pour dénoncer quelqu'un que je me retrouve ici.

Nous nous installons en terrasse, Raphaël allume immédiatement une cigarette.

— On peut officiellement dire que ce week-end est un échec, dis-je.

— Un échec, tu dramatises. Disons que ça permet d'écarter une hypothèse.

— Et demain il faudra retourner à Linker…

— On va retrouver Mlle Perfection et M. Envie.

— Qui donc ?

— Shamin et Romain.

— Ah, c'est ça, leurs mots à eux ?

— Oui.

— Et les autres ?

— Sonia, c'est « Excès ».

Je pousse un soupir. C'est plutôt triste.

— Sébastien, « Joie », mais tu le sais déjà. Christine, c'est celle dont il faut le plus se méfier.

— Pourquoi ?

— « Puissance ». Pour ça, le père de Laëtitia a su bien s'entourer.

Nous mangeons tout en parlant de nos collègues, nous les analysons et les comparons les uns aux autres. Le temps file à toute allure. Après un dessert et un café, il faudra mettre un terme à l'escapade.

— Bon, je vais rentrer, il se fait tard.

Raphaël plante son regard dans le mien.

— Je peux venir dormir chez toi ?

La proposition m'enchante autant qu'elle m'effraie.

— Pourquoi ?

— Je ne sais pas où aller.

— Qu'est-ce que tu racontes ?

— Tu as le droit de dire non.

— Fais comme tu veux.

Je laisse un billet sur la table, mets mon manteau, puis quitte la brasserie. Ses pas se calquent sur les miens. Ne devrait-il pas rentrer chez lui, retrouver Laëtitia ? Nous nous enfonçons sous terre, prenons le métro, arrivons devant chez moi. Mes doigts tremblent légèrement lorsque je sors ma clé, puis la tourne dans la serrure.

— Je vais prendre une douche, dis-je. Fais comme chez toi. Il y a du Coca dans le frigo.

Je m'enferme dans la salle de bains, puis m'adosse à la porte. Le miroir me renvoie la vulnérabilité qui s'est glissée dans mes yeux. J'ôte ma nouvelle robe et m'abandonne sous le jet bouillant. Revigorée, j'enroule une serviette autour de ma poitrine avant de sortir. Raphaël est installé sur le canapé, il cherche quelque chose dans son sac. À quelques mètres de lui, je fais coulisser la porte de l'armoire pour trouver de quoi dormir. Sans rien dire, il s'approche. Je me retourne. Ses mains se posent de part et d'autre de mon visage.

— Mais qu'est-ce que tu fais ?

Ma voix défaille.

— Arrête de penser.

Cœur chaud, tête froide.

Sa bouche s'approche, mais je me détourne. Son corps se colle contre le mien, me coince entre lui et le bois de l'armoire. Ne pas le regarder. Surtout pas.

Tout s'emballe.

Son nez tout contre le mien.

Céder.

Non.

Parler.

Les paroles repoussent les actes.

— Stop. C'est n'importe quoi.

— En quoi c'est n'importe quoi ? murmure-t-il. Pourquoi est-ce que ça aurait moins de sens qu'autre chose ?

— Tu es avec quelqu'un.

— Pas là, maintenant.

— C'est trop facile.

— On naît pour mourir.

— Tu es cinglé…

— Et toi ? Tu es comme moi. Même trempe. Des gens qui vivent pour brûler, brûler, brûler…

Et il va me consumer tout entière. Ses doigts enflamment déjà mes joues.

Il est trop proche. C'est fini.

Les deux astres se frôlent.

Ses lèvres s'approchent.

Rencontrent les miennes.

Collision.

Tout s'effondre.

Tout cède.

Sa langue rencontre la mienne. Même goût. C'est le semblable, l'inconnu aussitôt connu, qui imprègne.

Il se dégage légèrement, me regarde d'un air soudain fasciné.

— J'adore t'embrasser.

Moi aussi. Mais je ne dis rien. Nos souffles se mêlent de nouveau. Tout se suspend. Il n'y a plus rien que ce bouche contre bouche. Jamais un baiser n'avait été aussi exquis, naturel. Sensualité absolue, qui balaie les abstractions mentales, qui nous plante dans le monde.

La serviette tombe à mes pieds.

Nos lèvres se séparent. Il me contemple de toute sa hauteur. Pousse un énorme soupir.

— Tu es belle.

Je baisse les yeux, gênée. Il déboutonne sa chemise, jette son pantalon plus loin. J'éclate de rire comme la gamine intimidée que je suis.

— Tu es vraiment cinglé, répété-je, mais avec amusement cette fois.

— Je sais.

— Je n'ai plus de préservatif, tu sais.

— Ah.

Le plastique qui protège de tout, qui aseptise. Barrière pour le corps, barrière pour l'esprit, pour un acte stérile.

— Il n'y a aucun risque de mon côté. Je n'ai couché avec personne d'autre que Laëtitia depuis trois ans.

Mensonge ou vérité ?

— Mais je ne sais pas ce qu'elle fait, elle.

Nos bouches s'unissent encore. Reins contre reins. Le désir se déploie. Sa chair pénètre la mienne. Il me soulève.

Mes jambes s'enroulent autour de lui. Nos lèvres ne se quittent plus.

J'ouvre les yeux un instant.

Quelque chose pétille.

Une ligne écarlate part entre mes seins, grésille, jette des étincelles.

— Raphaël…

Il m'embrasse. Je m'esquive, me pends à son cou.

Un aiguillon se plante dans mon plexus solaire. Je suffoque. Plaisir et douleur se mélangent. La sensation s'évanouit aussitôt, et il ne reste plus que le délice de notre étreinte.

Son summum arrive, je peux le sentir. Rupture de la fusion. Cuisses humides. Nous nous observons quelques secondes, serrés l'un contre l'autre, l'âme teintée de tendresse. Il prend mon visage entre ses mains et dépose un baiser sur mon front, un long baiser à l'affection infinie.

Ce geste irrigue mon cœur d'une joie secrète, pure.

Nos mains se lient, il recule un peu. La sérénité de son expression se mue soudain en effroi.

— Ça va ? demandé-je.

Il s'éloigne encore, comme abasourdi. Un épais filament lumineux s'étire de son torse.

Je cligne plusieurs fois des yeux. Porte la main à ma poitrine. Une nouvelle attache est apparue, une attache qui va droit vers Raphaël. Ma vue se brouille quelques instants. Est-ce des larmes ? Non, on ne dirait pas. Je me frotte les paupières.

Il apparaît net cette fois, nu devant de la fenêtre. Des dizaines de rayons partent de son torse. Un soleil dans la nuit.

— Je crois que je peux te voir, murmuré-je.

Sa réponse résonne dans l'appartement, glaciale :

— Moi aussi, je peux te voir.

Je ramasse ma serviette pour me couvrir. Il s'approche de son sac, rassemble ses affaires.

— Il faut que je m'en aille, lance-t-il.

Ces mots me cisaillent.

— Pourquoi ?

Il n'ajoute rien. On dirait qu'on l'a assommé, ses mouvements sont maladroits.

— Dis-moi !

Il se rhabille plus vite que son ombre, ses cheveux blonds ébouriffés et le regard sombre.

La porte claque.

Fracasse quelque chose en moi.

Futur

30 avril 2012

14 h 32. Christine, la démarche assurée, s'installe dans l'une des salles de réunion. Je prends une grande inspiration, saisis un calepin pour me donner une contenance, puis la rejoins. Elle entortille une mèche de cheveux gris entre ses doigts tout en relisant ses documents.

— Bonjour, dis-je en fermant la porte derrière moi.

Elle me fixe de ses prunelles glaciales.

— Bonjour, Alice, assieds-toi, je t'en prie.

Nous voici face à face. J'ai très peu eu affaire à elle depuis mon arrivée chez Linker. Bras droit de M. Reuilly, c'est elle qui m'a fait passer mon premier entretien.

— Tu vas bien ? demande-t-elle d'un ton faussement affable.

— Oui, et toi ?

J'ai failli la vouvoyer par réflexe, mais ce serait déplacé, compte tenu des codes de l'entreprise.

— J'admets avoir été assez surprise par ton e-mail, commence-t-elle. Tu sais, Raphaël était très satisfait de ton travail, et j'ai cru comprendre que Cassandra l'est aussi. Que se passe-t-il ? Tu as trouvé un CDI ?

C'est la seule raison qui pourrait me faire rompre d'office mon contrat, hélas, ce n'est pas le cas.

— Non, j'éprouve néanmoins le besoin de partir.

Attention, il ne faut pas que je sois trop émotionnelle.

— La rémunération ne correspond plus à tes attentes ?

— Non, là-dessus, nous nous étions mises d'accord. Il s'agit plutôt de la nature des missions. Je ne suis plus certaine de vouloir travailler dans les ressources humaines.

Argument imparable. Christine a un haussement de sourcils qui trahit sa surprise.

— Eh bien… Quand nous nous étions rencontrées au mois de novembre, tu semblais pourtant très sûre de tes choix.

Je me contente d'un sourire de façade. Elle tapote ses doigts les uns contre les autres.

— Je ne te cache pas que cela nous met dans une situation embarrassante. Cassandra vient de revenir, elle est débordée… Es-tu vraiment certaine de ta décision ? Finalement, il ne te reste qu'un peu plus de six mois.

Son ton doucereux sonne comme une agression.

— J'aspire à une autre carrière, vraiment.

Elle se plonge de nouveau dans ses documents, comme si elle allait y trouver l'argument choc susceptible de faire basculer la conversation.

— Est-ce qu'il n'y a pas autre chose ? reprend-elle. Côté management, tout se passe bien ?

— Oui, travailler avec Cassandra est un réel plaisir.

— Et...

L'hésitation est perceptible, accrochée au coin de sa bouche.

— Avec Raphaël ? Tout s'est bien passé ?

Question frontale. Ne surtout pas perdre mes moyens.

— Oui, très bien.

— Parce que Tiphanie, qui a travaillé avec lui, avait parfois éprouvé certaines... difficultés.

Difficultés. Jolie façon de le dire. Lui a-t-il fait du rentre-dedans, à elle aussi ?

— Dans mon cas, tout s'est très bien déroulé.

Il faut rester monolithique, ne montrer absolument aucune nuance, sans quoi elle les travaillera pour en extirper ce qu'elle souhaite. Est-ce M. Reuilly qui lui a demandé de m'attirer sur ce terrain ?

— J'ai eu l'occasion, au cours de ma carrière, de voir toutes sortes de situations assez inédites, mais très rarement des démissions en cours de CDD. Dans ce cas, cela signifie souvent qu'il s'est passé quelque chose de grave.

— Comme je te l'ai dit, je traverse une phase de doute sur ma carrière, et j'ai obtenu mes réponses en travaillant ici.

Elle ne peut pas aller plus loin dans son interrogatoire sur Raphaël, c'est impossible. Je n'ai pas mordu à son hameçon grossier.

— Bien, conclut-elle. Je te laisse tout de même un peu de temps pour réfléchir.

— Vous seriez d'accord pour une rupture à l'amiable ?

— Si tu n'es plus motivée, cela ne servirait à rien de te forcer. Laisse-nous tout de même un mois, le temps d'amorcer le processus de recherche.

— Ce ne sont pas les juniors ayant mon profil qui manquent.

— Oui, c'est certain. Quoi qu'il en soit, cela aura été un véritable plaisir pour Linker de t'avoir comme collaboratrice.

La réunion s'achève ainsi, avec quelques politesses de rigueur. Lorsque je retourne à mon bureau, la tension restante dans mon dos s'est évanouie.

Libérée.

L'ostéopathe avait raison. Il ne faut pas avoir peur du changement.

Je m'empresse de rédiger la lettre qui mettra fin à mon séjour entre ces murs.

« Paris, le lundi 30 avril 2012

Je vous fais part de mon intention de démissionner du poste de chargée de recrutement que j'occupe au sein de votre entreprise dans le cadre d'un contrat à durée déterminée depuis le 13 décembre 2011.

Afin de respecter le délai de préavis de 30 jours fixé dans mon contrat de travail, je quitterai l'entreprise le 30 mai au soir.

Je vous prie d'agréer, Madame, Monsieur, l'expression de mes sentiments distingués.

Alice Duval. »

Impression lancée. Pauline, la nouvelle stagiaire, est plantée devant l'imprimante qui crache des feuilles à la chaîne. Je reste près d'elle, afin d'être certaine qu'elle ne prenne pas ma missive par inadvertance.

— On déjeune ensemble, ce midi ? me demande Romain en passant.

Pauline se tourne vers lui, ses pommettes rosissent. Un fil naît de sa poitrine, mais s'arrête en chemin sans atteindre le jeune homme.

— Je mange déjà avec Seb.

— Ah, OK, tant pis…

Il ne propose même pas à la nouvelle. Incroyable. Évidemment, quand une fille s'intéresse à lui, il n'éprouve aucun intérêt à son égard. Elle rassemble ses dernières feuilles et s'en va. Je récupère la clé de papier de ma prison, puis retrouve ma place devant l'écran. Aussitôt, une fenêtre s'ouvre.

Shamin Chen: Alice…

Shamin Chen: Il faut vraiment qu'on discute.

Se peut-il que les graines semées commencent à pousser ?

Alice Duval: Que se passe-t-il ?

Shamin Chen: Il m'est arrivé un truc fou hier. Vraiment fou.

Alice Duval: Du genre?

Shamin Chen: Tu te souviens de Nicolas?

Alice Duval: Le mec de Danone?

Shamin Chen: Oui.

Shamin Chen: Eh bien, il m'a envoyé un message, en me disant qu'il avait reçu une lettre bizarre qui parlait de moi.

Shamin Chen: Sur le coup, je n'ai rien compris, j'ai cru à une blague.

Shamin Chen: On s'est donné rendez-vous dans un café, et il m'a montré la lettre.

Shamin Chen: Un truc complètement dingue.

Alice Duval: Comment ça?

Shamin Chen: Une sorte d'appel à me recontacter. Du coup, il croyait que c'était de moi.

Shamin Chen : Il ne savait pas quoi faire, pensait à un canular.

Shamin Chen : J'étais terrifiée, mais on s'est marrés.

Alice Duval : Un appel à te recontacter ?

Shamin Chen : C'est ça. Qui que soit l'auteur, je l'adore et le déteste à la fois.

Alice Duval : Je ne suis pas sûre de tout comprendre.

Shamin Chen : Je suis certaine que tu comprends mieux que tu ne le prétends☺

Shamin Chen : Bref, on a bien discuté, puis…

Alice Duval : Puis ?

Shamin Chen : Il m'a invitée à dîner ce soir.

Alice Duval : Oh oh.

Shamin Chen : ☺

Shamin Chen : Je ne sais pas comment tu as fait ça, mais je t'adore et te déteste.

Shamin Chen: Tu es folle, tu sais?

Alice Duval: Je ne vois pas de quoi tu parles ☺»

Nous échangeons un regard sur le côté de nos ordinateurs. C'est l'une des rares fois que je vois ses lèvres dévoiler ses dents perlées au travail.

Chapitre 14

Labyrinthe

Présent
18 janvier 2012

— Christine a tranché. Ce sera Bruno Legard.

J'acquiesce sans rien dire. Depuis dix jours, les seuls échanges que j'ai avec Raphaël concernent strictement le travail. Plus de discussions instantanées. Plus de complicité. À l'heure du déjeuner, il s'éclipse en me souhaitant un « bon appétit » mécanique. Il n'y a aucune brèche, aucun espace pour entrer dans le personnel.

À présent, je vois les liens lumineux onduler autour de lui. Ceux qui le relient aux employés sont très fins. J'ignore où mènent les autres. Famille ? Amis ? Amantes ?

La distance qu'il affiche vis-à-vis de moi est néanmoins démentie par le lien qui nous unit. Que l'on soit à quelques mètres ou chacun à un bout de Paris, le fil reste épais. Son attachement est donc sincère, c'est indéniable. Pourtant, je ne sais plus quoi faire. J'ai adapté mon comportement au sien. Si j'étais plus adulte et plus courageuse, j'aborderais le sujet, le pousserais dans ses retranchements. Mais je n'en ai pas la force. Le choc de son départ soudain reste là, comme une musique de fond qui ne s'arrête pas. Je n'ose même plus croiser son regard, ayant peur d'y revoir les étincelles de notre union, ou, pire encore, une impérieuse indifférence.

J'ai fait l'amour avec Raphaël. Ce n'est même pas *coucher* qui me vient en premier à l'esprit, le verbe du sexe au détachement clinique. Mon corps se souvient du dernier homme ayant été en moi, comme si cette fusion avait laissé son empreinte. Et celle-ci est bien plus prégnante que d'habitude.

Malgré les faux-semblants, les bribes du passé flottent entre nous. Le train, la mer, les étoiles, l'armoire. Rien ne sera plus comme avant. Me voici enfermée dans ce mutisme qui ne demande qu'à être brisé. Il a réussi. Le prédateur a tissé sa toile autour de moi, et me voilà prise au piège. Il a eu le dérapage tant souhaité. Seul bémol, je lui ai envoyé une décharge involontaire, je l'ai fait fuir.

Quel mot a-t-il bien pu recevoir ?

Quelle que soit ma motivation profonde, elle l'a, semble-t-il, violemment repoussé.

Alors que je suis en pleine prospection, Sébastien passe derrière moi.

— Ça te dirait de prendre l'air ? J'ai envie de me griller une clope.

— Je croyais que tu avais arrêté ?

— Moi aussi, je croyais.

Nous sortons, restant près des deux ficus encadrant l'entrée du bâtiment. Le froid s'engouffre dans mon manteau, mord. Sébastien me tend une cigarette, mais je refuse.

— Tu n'es pas en grande forme, en ce moment, je me trompe ?

— Beaucoup de boulot, je suis épuisée.

Nous nous réfugions tous derrière cette excuse.

— Raphaël a l'air très tendu. Il a refusé toutes mes propositions de pauses.

— On est vraiment sous l'eau, en ce moment.

— J'imagine. Le jour de l'an semble loin, hein ? Le temps passe trop vite.

À qui le dis-tu !

— Tu sais, ça restera entre nous, ajoute-t-il.

— De quoi parles-tu ?

— Que Raph et toi êtes venus chez moi le 31. Lui et moi, on parle de temps en temps, mais je suis une tombe avec les autres.

— Pourquoi tu dis ça ? Il n'y a rien à cacher…

Sébastien secoue la tête de gauche à droite.

— Alice… Je bosse avec lui depuis deux ans. Je le connais.

— Qu'est-ce que tu veux dire ?

— C'est un homme à femmes. Il adore ça. Je t'avoue que je ne l'ai jamais vu faire une fixette sur une nana pendant aussi longtemps. C'est assez dingue. Je veux dire, tu es mignonne, hein, mais… J'en sais rien. On dirait qu'il y a autre chose. Tu dois avoir une aura, un truc.

Dois-je me confier à Sébastien ? Si j'ai bien appris une chose sur les secrets, c'est que, pour qu'ils restent sous terre, il ne faut en parler à personne. Aucune exception n'est envisageable. Néanmoins, Raphaël m'abandonne à cette situation irrésolue. Son collègue semble le connaître et pourrait avoir des pistes de réponses.

— Je t'ai embarrassée ? demande-t-il, désolé.

— Non. Simplement, je n'ai pas très envie de parler de ça.

— Je ne sais pas ce qui s'est passé, mais, si tu as besoin, n'hésite pas.

Je lui serre spontanément le bras, dans un élan d'affection accompagné du sursaut lumineux du lien qui m'unit à lui.

— Merci, Seb.

Lorsque nous remontons, tous les employés sont debout autour de Raphaël et de M. Reuilly. Sonia distribue des gobelets en plastique, Romain sert du cidre. Je rejoins Shamin, qui observe les autres, les bras croisés.

— Que se passe-t-il ? demandé-je.

— Aucune idée. Réunion exceptionnelle, il faut croire.

Raphaël et son beau-père échangent des messes basses, l'air grave. Le P-DG inspire une grande douceur dans ses manières délicates. Pourtant, sa simple présence engendre des discussions sérieuses et chacun se tient droit comme un « i », un peu comme à l'école, lorsque le directeur fait son entrée dans la salle de classe.

Mon manager se racle la gorge, distribue à son audience des sourires empreints de confiance. Le souvenir de ses lèvres épousant les miennes me traverse.

— Tout le monde est là ? s'assure-t-il. Bon…

Il consulte du regard M. Reuilly, qui prend alors la parole :

— Comme vous le savez, Linker attache une importance primordiale à ses collaborateurs et à leurs souhaits d'évolution. L'année qui s'est achevée a été pleine de changements dans nos équipes. Cassandra est notamment partie en congé maternité. Elle vous passe d'ailleurs le bonjour, et profite de sa petite

Chloé. Son absence sera de courte durée, puisqu'elle reviendra au mois de mars, quand Raphaël nous quittera.

Je plante enfin mon regard dans le sien. Cherche à capter son attention, sans succès. Enfin, il parle.

— Participer à une aventure comme Linker a été une expérience très enrichissante. Un grand merci à tous pour votre travail et pour les bons moments passés ensemble. Cette décision est assez hâtive, mais mes choix de vie m'amènent à prendre une nouvelle voie. Ma fiancée et moi déménageons à Aix-en-Provence.

Chaque phrase est une flèche qui m'atteint de plein fouet.

Applaudissements. Les félicitations fusent.

J'assiste en retrait à cette mascarade. Engourdissement. La souffrance disparaît aussitôt, comme si on m'avait brusquement anesthésiée.

S'agit-il d'une décision préméditée ?

Peu importe. Ce n'était qu'une simple parenthèse. Il a tracé un arc de cercle à l'entrée de mon appartement, l'a refermé en sortant.

Un fil part de M. Reuilly, s'approche de moi avec lenteur. Il veut établir un contact. Soupçonne-t-il quelque chose ? Esquiver. Je demande à Sonia un autre verre de cidre, qu'elle me sert avec un clin d'œil. La secrétaire semble s'être remise de son escapade avec Sébastien.

18 h 32. Je n'ai aucune raison de m'éterniser. Tandis que les discussions vont bon train, je m'empare de mon sac, passe mon manteau et jette à l'assemblée un « bonsoir » enjoué.

Est-ce que Raphaël me regarde partir ?

Les portes de l'ascenseur se referment. Sas salvateur. Bien sûr, il ne me courra pas après, il ne s'inquiétera pas de mon sort.

C'est un être froid, cruel. Il me lance sa nouvelle vie au visage devant tous nos collègues, sans se soucier un instant de ma réaction.

Nous sommes partis ensemble à Marseille. Depuis mon arrivée, il n'a cessé de me faire des avances. Et moi, comme une idiote, j'ai couvé ses mensonges et protégé son confort.

Ma démarche est rageuse, mes talons martèlent le trottoir. La colère rampe sous ma peau, calcine les scènes qui se sont jouées. À travers l'écume de mes larmes, je distingue encore le rayon qui va vers lui. J'essaie de le saisir pour l'arracher de ma poitrine. Mais mes doigts ne rencontrent que le vide.

Le quai, le monde agglutiné à l'heure de pointe, les mines maussades. Le métro arrive. Je me laisse tomber sur un strapontin. M'occuper l'esprit. Je fouille mon sac. *L'Ombre du vent*. L'ouvrage m'apparaît autant comme un allié qu'un ennemi.

La femme c'est Babel et labyrinthe.

Oui, Babel, car nous parlons trop de langues différentes. Le labyrinthe, je suis actuellement en plein dedans. J'ai lu quelque part que l'idée du dédale venait des Mésopotamiens, qui auraient été inspirés par la forme des entrailles dans lesquelles ils lisaient l'avenir. Le labyrinthe, c'est autant l'extérieur que l'intérieur. Je suis perdue en moi, chaque émotion est une impasse.

Où est la sortie ?

— Alice ?

Je relève la tête. Agrippée à la barre de métal, Shamin me dévisage avec étonnement. Je sèche maladroitement mes joues humides. Elle s'assied à côté de moi, me tend un mouchoir.

— Que se passe-t-il ?

C'est la première fois que je perçois de la compassion dans son intonation.

— Rien, rien, tout va bien. C'est la fatigue, je craque un peu.

— Châtelet, annonce la voix automatique. Châtelet.

— C'est mon arrêt, dit-elle, visiblement gênée.

— Oui, pas de problème ! Bonne soirée !

Elle ne bouge pourtant pas. Le long *bip* retentit, les portes se referment.

— Tu n'es pas descendue ?

— Non. Je ne vais pas te laisser comme ça. Qu'est-ce que tu dirais d'aller boire un café quelque part ?

— Oui. Oui, bonne idée.

Elle se redresse, gracieuse dans sa jupe fendue.

— Tu sais, fait-elle avec calme, c'est certainement mieux qu'il parte.

Je ne prends même pas la peine de démentir.

— Ce qui se passe maintenant, Alice, c'est important, mais, crois-moi, ce n'est pas si grave.

Et tandis que nous marchons côte à côte en quête du bar qui saura accueillir nos confidences, la ligne entre nous croît à chaque pas.

Futur
3 mai 2012

L'aiguille pénètre sous ma peau. Je tourne la tête pour ne pas voir la seringue se remplir de sang. Après quelques secondes, l'infirmière annonce :

— Et voilà, c'est fini.

Elle presse un coton dans le creux de mon coude. Il était vraiment temps de faire ce test. J'espère que Raphaël est aussi intègre qu'il l'a prétendu ou, en tout cas, qu'il n'a pas pris de risques avec d'autres que moi. Je quitte le laboratoire d'analyses lorsque mon portable vibre. Un message de Shamin.

Nicolas m'a proposé qu'on parte en week-end ensemble. Ça va vite, très vite, mais je crois que j'adore ça.

Son bonheur m'éclabousse, jette des éclats de lumière sur ma route. Je n'éprouve ni envie ni jalousie. J'accueille avec bienveillance les manifestations de son euphorie. J'ai tenté de réactiver un lien. Le reste est entre eux.

J'achète des croissants et des pains au chocolat sur le chemin du travail. Les portes vitrées s'ouvrent sur mon passage. Sonia est assise derrière son comptoir, pendue au téléphone. Le seul fait de la voir m'irrite. Je n'offre pas un bonjour et presse le bouton de l'ascenseur.

— Hello ! s'exclame Cassandra.

Je dépose les viennoiseries sur l'une des tables centrales. Ma manager comprend le signal.

— S'il vous plaît, dit-elle en se levant, si vous avez cinq minutes, Alice et moi avons une annonce à vous faire. Venez donc manger quelque chose.

Les collègues nous rejoignent, piochent avidement dans le sac. Il est temps de prendre la parole.

— Voilà, comme vous vous en doutez, nous ne vous avons pas uniquement invités pour vous empiffrer.

Quelques rires s'élèvent.

— Sachez que ces six mois passés à vos côtés ont été une expérience très enrichissante, qui m'a permis de me confronter à de nouvelles problématiques.

Sébastien sourit à cette allusion.

— Travailler ici m'a permis de comprendre que les ressources humaines n'étaient pas le secteur dans lequel je m'épanouirais le plus. Cela n'enlève rien à la qualité des services proposés par l'entreprise, ni à l'ambiance au demeurant très conviviale.

Trop conviviale, peut-être.

— Je prends cette décision parce que je voudrais donner de nouvelles orientations à ma carrière.

Romain est estomaqué. Shamin pose une main sur mon épaule dans un geste approbateur. Un phénomène étonnant se produit alors : plusieurs fils bondissent vers moi. Comme si la perspective de mon départ renforçait leur amitié, comme s'ils cherchaient à me retenir.

Cassandra vient se placer près de moi :

— C'est une décision que vous trouvez sûrement très abrupte, nous en avons conscience. Alice a été un élément précieux, et nous l'accompagnons dans sa nouvelle démarche.

Suite à ce rituel, Romain m'invite à prendre un café. Il fait tourner son gobelet entre ses mains, la tête basse.

— J'ai du mal à comprendre pourquoi tu t'en vas...

— Je l'ai expliqué, non ? Ne t'inquiète pas, je suis certaine que je serai remplacée par une jolie jeune fille.

— C'est pas ça... On se marrait bien, Shamin, toi et moi.

— C'est certain, mais l'histoire ne s'arrête pas là. On pourra se revoir dans un autre contexte que Linker.

Le fil de Romain se tend, cherche un point d'ancrage solide en moi. Mais je pense qu'il ne se développera pas davantage.

— Je peux te poser une question ? reprend-il.

— Bien sûr.

— Il y avait certaines rumeurs…

Je croise les bras et prends une profonde inspiration, prête à faire les frais de la curiosité des gens.

— Il paraît que Raphaël et toi…

— Quoi ?

— Ben, que c'était un peu bizarre, quoi…

— Je ne comprends pas.

— Il s'en va, tu t'en vas…

— Ça s'appelle une coïncidence.

Je lui offre un sourire rassurant, mais il a décelé mon trouble, c'est certain.

— Je ne te juge pas, précise-t-il. C'est un beau mec, j'imagine qu'il devait être plus sympa avec toi qu'avec moi… Mais je trouve ça dommage. C'est très banal, ce que je vais dire, mais tu mérites mieux. Tu mérites d'être la personne de la vie de quelqu'un, pas une vulgaire maîtresse.

— Pardon ? fais-je d'un ton sec.

— Il va se marier le 7 juillet. Il a envoyé un faire-part.

— Eh bien, c'est une très bonne nouvelle pour lui. Et ne prête pas attention aux ragots, il vaut mieux s'en méfier. Bon, je file, j'ai encore beaucoup de boulot.

Je quitte la cafétéria. Pas envie de retourner à mon bureau. J'imagine soudain ce que tout le monde a pu dire. Que j'ai été le passe-temps de mon supérieur hiérarchique, sa marionnette jusqu'à son départ. Je m'enferme dans une cabine des toilettes, me prends la tête entre les mains. Les souvenirs remontent, puissants, tranchants. J'espère qu'en plus de m'avoir retourné l'esprit et le cœur, il n'a pas contaminé mon corps.

Aucun signe de lui depuis son départ.

Rien.

Je ne tenterai pas de lui donner de nouvelles, non, même si, parfois, la tentation me frôle.

Il m'inflige ce qu'il y a de pire pour mon intériorité, ce silence terrible, celui qui m'a assourdie, celui qui m'a tuée.

Inspiration.

Respiration.

Je suis plus forte que cela. Raphaël parlait de prison, il est finalement entré dans sa cage dorée, il est prêt à en sceller le verrou. Ses rares échappatoires ne seront que des adultères lui donnant une illusion de liberté. Il a grimpé dans le même train que tout le monde, non pas parce qu'il le voulait, mais par peur de s'écarter des rails posés pour lui.

Inspiration.

Respiration.

Je n'ai pas à avoir peur. Je fais tout pour être honnête envers moi-même.

Pas besoin de me nourrir des autres, d'avoir faim d'eux.

Les armes dont j'ai besoin dorment dans les replis de mon âme.

Cette pensée m'apaise. L'aiguille de ma boussole intérieure, qui ne cessait de s'agiter, s'arrête brusquement et m'indique une direction.

Il suffit de d'une nouvelle page, d'un nouveau chapitre à mon histoire.

Chapitre 15

Temps

Présent
6 mars 2012

Nous y sommes.

Le jour du départ de Raphaël.

Chaque minute passée face à lui, à jouer les exécutantes, est une torture insoutenable.

Mais le dernier acte a fini par arriver.

À l'heure du déjeuner, Laëtitia passe au bureau, serre-tête et pantalon blanc. Elle se poste devant Raphaël, sa main agrippant la lanière de son sac à main Dior. Une froideur fige ses traits poupins. Ce n'est plus la femme-enfant qui se hissait sur ses ballerines pour déposer un baiser, mais une semi-femme déjà rongée par le doute. Malgré tout, une forte attache les lie. C'était plus facile quand tout était gommé autour de lui. Pour tenter de dissimuler mon trouble, je me concentre sur mon écran d'ordinateur. Je voudrais être invisible, mais Raphaël s'adresse à moi :

— C'est toujours bon pour le meeting de 16 heures ?

Question rhétorique.

— Oui.

Interaction close.

Le couple s'en va.

Assistera-t-elle à son pot de départ, ce soir ? Est-il assez audacieux pour oser une confrontation plus longue en ma présence ? Cela me semble bien trop stupide de sa part, mais il a déjà fait pire. À croire qu'il aime cet équilibre précaire, qui peut basculer à tout moment. Un mot de ma part, une réaction, et la belle idylle avec la fille Reuilly volerait en éclats. L'innocence verrait enfin la souillure. Moi qui ai lancé tant de bombes dans les histoires des autres, il serait si simple de faire de même pour celle-ci, d'autant plus que j'ai été impactée. Pourtant, j'en suis incapable.

À 14 heures, Raphaël revient sans sa fiancée. Ses sourcils froncés en disent long sur sa contrariété. L'après-midi s'écoule avec une lenteur insupportable. Je ne cesse de consulter la zone bleue en bas à droite de mon écran. Enfin, la pénombre surgit, les lumières s'allument à l'intérieur. Un e-mail de Raphaël rappelle que la soirée aura lieu à 18 heures, et indique le lieu choisi : l'*Indian Connection*. Le bar situé au pied de l'immeuble dans lequel il m'a révélé son pouvoir. Est-ce volontaire ? Purement pratique ?

Shamin Chen : Tu y vas, ce soir ?

Alice Duval : Hum… Oui, je pense. Et toi ?

Shamin Chen : Non. Il n'en vaut pas la peine. J'ai prévu une soirée chez des amis. Si tu ne te sens pas d'humeur à assister au pot de départ de ton sympathique boss, viens avec moi!

Alice Duval: Je pense y aller quand même, mais merci pour l'invitation ☺

Shamin tente de me protéger de lui. Mais rien ne pourra me détourner de mon besoin de résolution. Cette soirée sonne le glas de ce que nous avons vécu. Raphaël partira ensuite à l'autre bout de la France, démarrera une nouvelle existence, ne sera plus obligé de me voir cinq jours par semaine. J'ai besoin de verbaliser ce qui s'est passé. Naviguer au milieu de ces tabous et de ces non-dits me dévore.

18 heures. Enfin. Le mouvement s'amorce à l'étage, les gens rassemblent leurs affaires. Raphaël descend en premier, accompagné de Sonia. J'attends encore un peu, termine de rédiger un message destiné à un client.

— Tu viens ? demande Sébastien.

Allez. Il est temps. Extinction de l'ordinateur.

Nous voici de retour dans cette grande salle où vacillent les flammes des bougies. C'est toujours le même serveur, ce type sec au sourire permanent. Cette fois-ci, nous sommes trop nombreux pour l'intimité de l'estrade. Les collègues sont installés devant l'entrée, à une vaste table rectangulaire. Sonia sirote déjà un mojito. Ses cheveux blonds ramenés en queue-de-cheval laissent voir ses longues boucles d'oreilles aussi rouges que son vernis. Elle s'esclaffe sans retenue devant un Raphaël à la fois amusé et en retrait.

— J'ai négocié un tarif de groupe, annonce-t-il. Profitons de l'*happy hour* !

Au final, nous sommes une petite dizaine. Beaucoup se sont désistés. Pas étonnant, vu l'inaccessibilité du personnage. Aucune trace de Laëtitia. À croire qu'elle ne viendra pas. Les verres sont déposés sur la table. Romain raconte ses derniers déboires amoureux, provoquant des éclats de rire dans l'assemblée. Soudain, Raphaël se penche vers moi.

— Il faut que j'aille acheter des clopes. Tu m'accompagnes ?

Nous nous levons sans rien dire. Sébastien m'adresse un clin d'œil, les autres nous observent à la dérobée.

Dehors, il fait plutôt bon. Les prémices du printemps sont là. Nous marchons côte à côte sans rien dire. Mon portable vibre, j'y jette un œil. Message de Shamin.

Fais attention, quand même.

— C'est qui ? s'enquit Raphaël.

— Pourquoi ?

— C'est ton mec ?

Je lève les yeux au ciel.

— C'est Seb ? J'ai remarqué que vous vous étiez pas mal rapprochés, tous les deux.

Ce serait sûrement le moment de le gifler. Manipulation grossière de sa part, qui consiste à me mettre en position de justification. Inversion des rôles.

— Depuis quand je dois te rendre des comptes ?

— Je suis curieux, c'est tout.

— Mais bien sûr…

Nous entrons dans un tabac. Trois personnes sont devant nous. Allez, Alice, lance-toi. C'est le moment ou jamais.

— Je peux te poser une question ?

Il met quelques secondes à répondre, l'air sur la défensive.

— Vas-y.

— Quel est mon mot ?

Il détourne aussitôt la tête.

— J'ai le droit de savoir.

— Bonjour, dit le gérant.

— Bonjour. Un paquet de Marlboro, s'il vous plaît.

Cliquetis de pièces sur le comptoir, paquet dans la poche. Nous sortons.

— Raphaël, insisté-je.

— Vérité.

Je m'arrête net dans la rue. Il m'imite.

— Et c'est ça qui t'a fait fuir ? dis-je, désarçonnée.

— Tu sais ce que c'est, la dynamique de quelqu'un ? C'est ce contre lequel elle ne peut rien, c'est ce qui conditionne tous ses choix. Ça veut dire que tu ne peux pas mentir. Ça veut dire que, avec ce qui s'est passé, avec tout ce que tu sais, toi dans mon entourage, c'est impossible.

Il me considère comme un danger. Je reste Laura malgré tout, celle qui fait remonter à la surface ce qu'on s'est tant appliqué à enfouir.

— Toi et moi, ajoute-t-il, on aurait pu être ensemble dans une autre vie, mais là, la configuration est vraiment… achevée.

— C'est pour ça que tu t'en vas ?

— Oui.

J'ignore si je dois me sentir flattée ou horrifiée par la tournure des événements. Nous nous regardons sans ciller, avec intensité. L'électricité est là, toujours, réactivée au moindre échange. Il pose sa main sur ma taille. Je la retire.

— Quoi ? s'étonne-t-il.

— J'apprends de mes erreurs.

Cette simple phrase a plus d'effet qu'une gifle.

— Tu résistes à cause de Seb ? reprend-il.

— Pardon ?

— Je ne suis pas naïf !

— Tu es jaloux d'une hypothétique relation alors que toi, tu es en couple ?

— Oui.

Il veut tout.

Il n'aura rien.

— Tu as un problème, Raphaël.

— Pourquoi est-ce que tu es aussi agressive ?

— Attends, réfléchissons cinq minutes. Ah, oui, tu m'as fait des déclarations, on a couché ensemble malgré ta fiancée, puis tu es parti en découvrant qui je suis, et depuis tu m'ignores autant que c'est possible.

— Tu es intelligente, tu sais ce que ça veut dire, tu sais que ce n'était pas que de la consommation. Si je veux une femme, crois-moi, ce n'est pas difficile.

— Ta prétention est sans bornes.

— C'est du réalisme.

— En tout cas, il y a une femme que tu n'auras plus jamais.

— Toi ?

— Oui.

Un rictus se dessine sur son visage. Il fait volte-face et reprend sa marche sans même m'attendre. La colère qui sourd en lui est volcanique, destructrice. Je peux la sentir même à quelques mètres derrière lui.

Retour à l'*Indian Connection*.

— Vous en avez mis, du temps, commente Romain.

— Oui, renchérit Sonia, on s'est posé des questions !

Raphaël recompose son expression de fausse affabilité. La mienne doit me trahir davantage. Le serveur passe, nous recommandons à boire.

— C'est ma tournée de shots ! s'exclame Sébastien.

J'ai du mal à partager l'euphorie générale. Merci, l'alcool, d'insuffler la joie artificielle, bien vite oubliée le lendemain. Quand je repose le minuscule verre sur la table, Raphaël est proche de Sonia, lui murmure quelque chose à l'oreille. Le grand sourire de celle-ci ne fait aucun doute sur ce qu'il lui raconte. Il me tranche la gorge en direct, devant tous les autres. Tandis que je m'effondre dans une mare de sang, il lui tend une cigarette. Elle accepte. Tous deux quittent la table pour sortir. Sébastien prend aussitôt place à côté de moi.

— Qu'est-ce qui lui prend ? me chuchote-t-il.

— Aucune idée.

Après avoir tant traîné Sonia dans la boue, voilà qu'il lui fait son numéro.

— Son départ lui monte à la tête, conclut-il.

Envie de vomir.

— Je reviens.

Je descends les marches qui mènent aux toilettes. Là, je m'appuie contre le lavabo, pince les ailes de mon nez pour chasser la peine. C'est ici que tout a commencé, à cet endroit précis. Retour à la case départ. J'aurais dû suivre Shamin. Non. Il fallait que je voie l'étendue de l'ego de Raphaël, sa folie. Il passe de la maîtrise la plus totale à la perte de contrôle. Imprévisible. Inutile de rester, si c'est pour se prendre encore quelques coups de couteaux. Je bois de l'eau au robinet, sèche ma bouche à l'aide de papier.

— Alice, je crois que j'ai fait une connerie !

Sonia déboule dans la petite pièce exiguë, perchée sur ses hauts talons.

— Je fais de la merde, de la grosse merde.

Je croise les bras, prends une inspiration et demande avec calme :

— Que se passe-t-il ?

— Raphaël m'a embrassée. Je sais pas quoi faire. C'est le futur mari de la fille du P-DG, ça craint à mort !

Ah, un coup porté avant même que j'aie pu m'échapper. Surtout, ne pas s'énerver. Partir avec dignité.

— Les cartes sont entre tes mains, Sonia. Il part aujourd'hui. Tu ne le reverras pas. Il va juste t'utiliser comme Sébastien l'a fait.

— Je sais… Mais je n'arrive pas à rester indifférente, il me fait un truc, ce mec.

Mon Dieu.

— À toi de voir.

— Aide-moi ! Ça craint, ça craint !

— Je ne peux pas. Ce choix n'appartient qu'à toi.

Je ne pourrai pas lui tendre la main une seconde fois, pas après ça. C'est au-dessus de mes forces. Je la laisse à son désarroi et me dirige aussitôt vers le bar pour payer ma part de l'addition. Raphaël et Sébastien sont plongés dans une conversation animée.

Je vide les lieux sous leurs regards surpris après avoir lancé un « Bonne soirée » à la cantonade.

C'était l'universelle cérémonie des adieux.

Un fiasco. Mais un fiasco qui apporte plus de réponses qu'il n'y paraît.

Maintenant, il faut juste stopper l'hémorragie interne.

Futur
17 mai 2012

J'atteins l'étape plutôt désagréable – bien que désirée – durant laquelle j'entends ma manager recevoir des appels pour trouver mon remplaçant. De temps à autre, Christine et elle s'isolent dans une salle de réunion et discutent des CV. Les journées chez Linker s'écoulent avec lenteur, mais je sais que ce sont les derniers grains avant de retourner le sablier.

John et moi avons échangé des e-mails ces dernières semaines. Il m'a parlé de sa vie en Bretagne, de la maison qu'il a achetée avec Charlotte, des situations incongrues qui surviennent aux urgences. Il se dégage une grande sérénité de ses récits, comme des pépites de bonheur. Dans son dernier message, il m'informe qu'il sera de passage à Paris le 17 mai afin d'assister à un congrès sur la chirurgie orthopédique et traumatologique – un programme très alléchant, sans aucun doute. Il m'a proposé que l'on se revoie. C'était très soudain, peut-être pensait-il qu'en me prévenant à la dernière minute je déclinerais. Néanmoins, j'ai demandé un jour de congé en catastrophe la veille, et me retrouve à présent à marcher au milieu des sentiers des Buttes-Chaumont. Cet endroit semble toujours surgir dans Paris de façon improbable, parc vallonné où se nichent des grottes et des cascades. J'avance avec appréhension dans ce nid de verdure.

J'arrive au niveau du pont suspendu qui domine un lac où nagent paresseusement quelques canards. Au milieu des dizaines de personnes attablées à la terrasse d'un café, la silhouette de John se détache. Ses boucles brunes ont disparu au profit d'une coupe courte, qui fait ressortir sa mâchoire saillante. La proximité de la mer a redonné à sa peau son hâle d'antan. Nous nous retrouvons face à face.

— Salut, dit-il.

— Salut.

Instant de flottement. Nous nous tournons tous deux vers le promontoire rocheux où est juché un belvédère, aberration poétique.

— C'est vraiment joli, cet endroit, ajoute-t-il.

— Oui. Je savais que ça te plairait. Tu veux qu'on monte ?

— Il y a plein de touristes…

— Comme tu veux, on peut aussi se promener.

— Faisons ça.

Il est là, mon ami d'enfance, le pilier qui m'a tant manqué. Tout est semblable et différent à la fois. Fini d'être l'enfant capricieuse qui ne cesse de quémander l'attention, qui se repose sur lui.

Nous nous installons dans l'herbe, contemplons le rond de ciel entre les frondaisons. Le soleil nous enveloppe de sa chaleur.

— Tu as changé, lâche John.

— Toi aussi.

— Est-ce que tu vas bien ?

— Oui. Il me semble que j'ai trouvé certaines réponses, apaisé mes angoisses.

Quand il fixe ses chaussures avec attention, le gamin que j'ai connu se superpose à l'homme de maintenant.

— Je suis désolé d'avoir fui comme ça. Je ne savais pas quoi faire d'autre. Ça devenait… ingérable.

— John, tu n'as pas à te justifier. Je comprends très bien.

— Tu sais, tu m'aurais appelé à n'importe quelle heure du jour ou de la nuit, je serais venu quand même. Je serai toujours là pour toi, n'en doute pas, d'accord ?

— D'accord.

Nos mains se joignent dans un mouvement simple, fraternel.

— Il y a des délimitations imposées pour les relations entre les individus, poursuit-il. Amis, amoureux… Moi, je n'ai jamais réussi à savoir dans quelle catégorie te mettre.

— C'est parce que tout ça est artificiel. Les liens entre les gens sont fluctuants, changent d'intensité et de nature. C'est difficile de mettre une étiquette sur l'amour.

Les oiseaux lancent quelques trilles.

— Tu vois toujours ces… trucs ?

— Oui.

— Comment tu le vis ?

— De mieux en mieux, je crois. J'essaie d'en créer plutôt que d'en détruire.

— C'est plus sain. Tu m'avais un peu fait flipper, avec tes idées de vengeance.

— Je pense que je lâche de plus en plus prise, que je repousse la peur. Le problème, c'est que, récemment, j'ai lâché ma corde et que personne ne m'a rattrapée.

Il ébauche un sourire.

— Tu n'as pas besoin qu'on te rattrape. Tu sais te réceptionner.

Il place son index au niveau de sa tempe.

— Tu es forte.

— Parfois, je ne sais plus si mon don est un atout ou un handicap.

— Sûrement les deux à la fois.

Nous nous taisons. Je ferme les yeux, profite des rayons de soleil sur mon visage. C'est un silence gorgé de compréhension et de respect, qui laisse l'autre à ses pensées secrètes. Il me faut du temps pour apprivoiser mon don, pour en comprendre les tenants et les aboutissants. Même si je ne parviens pas à déterminer d'où il provient, je dois composer avec. Mieux encore, cette vision du monde peut devenir vectrice de sens, me faire exister et pas simplement vivre. Je joue à la chimiste. Je prends tous les sentiments de l'année écoulée, les fais passer dans l'alambic de mon cœur et observe la réaction. Les résonances positives surgissent. Ce n'est plus seulement la question du moi délimité et fini, je m'ouvre au reste du monde. Aux millions de fluctuations, de vibrations que je suis capable de percevoir. Pour éprouver de la compassion, aller vers l'autre, encore faut-il avoir souffert. J'arbore quelques plaies mal cicatrisées, et elles sont mon énergie, mon empathie.

Mon ouverture.

— Merveille ?

— Quoi ?

— Je vais être papa.

Sa main presse la mienne. Le soleil fait naître des lignes rouges sous mes paupières. Un sourire étire mes lèvres, impossible à contenir. Cascade d'images. John et moi enfants, à collectionner des coquillages. Deux cigarettes fumées en cachette à la fenêtre de ma chambre, le crissement des cigales en fond sonore. Son ombre sur le quai de la gare, à travers la vitre du train.

John portant un bébé dans ses bras.

— Tu sais que tu seras un père génial ?

Nous nous redressons et nous regardons avec émotion.

— Ça, je ne sais pas encore. Mais je voulais te l'annoncer de vive voix.

— Est-ce que je pourrai rencontrer Charlotte, alors ?

— Il faudra bien.

Ma main se pose spontanément sur mon ventre. Un jour, la vie s'y nichera sans doute.

Nous restons plusieurs heures encore à rattraper le temps perdu. Tout en lui converge vers l'événement qui aura lieu dans les mois à venir. Un enfant. Le mélange de deux êtres. L'indéchirable.

Nous nous séparons à l'entrée du parc. Lui va rejoindre son hôtel, moi mon petit appartement. Un crochet au japonais qui fait l'angle, pour rapporter quelques sushis et gyozas. Après ce dîner improvisé, une douche rapide, puis je me laisse tomber sur le lit, le cœur enflé de tendresse. Je retourne au travail demain, mais plus pour longtemps. Je saisis mon téléphone portable pour mettre mon réveil.

Un appel en absence.

16 h 32. Raphaël Noiral.

Chapitre 16

Directions

Présent
7 mars 2012

Il est parti. Pour de bon.

Devant moi, le siège est vide. Sur la messagerie instantanée, la pastille habituellement verte devant son nom est devenue grise. *Out of the office for 1 day.*

Et les jours continueront de s'additionner. À cette idée, je suis de nouveau ensevelie sous la tristesse. Mes paupières sont enflées de chagrin, rappel de l'épouvantable nuit passée à pleurer. Le pire, c'est que la colère de la veille ne parvient pas à mettre l'attachement en échec. Il me manque.

Ma souris passe sur le nom de Raphaël Noiral et clique sur « Supprimer ». Voilà. Il a disparu de la liste de mes contacts. Je peux reprendre mon travail.

Une fenêtre s'ouvre soudain.

Oh, non.

Sonia Moison : Oh, là, là ! j'ai vraiment fait une énorme connerie hier !

Sonia Moison : Même si on s'est juste embrassés, c'est genre super chaud quand même !

Sonia Moison : Imagine, sa meuf l'apprend, je suis mal vis-à-vis du P-DG !

Mes doigts se crispent sur le clavier. Je la trouve affreusement risible, tout comme lorsque je l'ai croisée dans les toilettes après l'épisode Sébastien, et pourtant je suis tombée dans le même piège qu'elle. Imaginer Raphaël l'embrasser est insupportable. Je ne réponds pas à ses messages.

Une autre conversation bondit dans mon champ de vision.

Sébastien Piquemal : Ça va, miss ?

Sébastien Piquemal : Tu es partie comme une furie hier, tu n'as pas répondu à mes textos.

Alice Duval : Désolée, je n'étais pas super bien☺

Sébastien Piquemal : Je devine facilement pourquoi. T'en fais pas.

Sébastien Piquemal : Au fait, je t'ai cherchée sur Facebook hier et je ne t'ai pas trouvée !

Alice Duval : Ah, c'est parce que je n'ai pas de profil.

Sébastien Piquemal: Tu devrais t'en créer un. Raph m'a ajouté hier seulement, il t'a peut-être cherchée aussi.

Tu parles, cela m'étonnerait qu'il veuille me recontacter d'une façon ou d'une autre.

Alice Duval: J'y réfléchirai☺

Sébastien Piquemal: Je sais ce qui va te remonter le moral.

Sébastien Piquemal: Un ÉNORME McDo ce midi.

Sébastien Piquemal: Des grosses frites. Un bon burger.

Sébastien Piquemal: C'est le gentil petit Romain qui propose.

Alice Duval: Pourquoi pas?

Sébastien Piquemal: RDV 12h30 en bas.

Alice Duval: Comme d'hab! À toute.

La matinée passe à toute allure. L'heure tant attendue du déjeuner arrive et je ferme ma session d'ordinateur. Romain est encore en réunion avec Shamin, mais tant pis, j'ai besoin de prendre l'air. Je presse le bouton de l'ascenseur.

Les portes s'ouvrent sur Laëtitia.

Non. Pourquoi aujourd'hui ?

Sa petite robe noire lui donne une allure élégante et, pour une fois, ses pommettes sont rosies de blush.

— Oh, salut, dis-je bêtement.

J'essaie de ne pas avoir le regard trop fuyant.

— Salut, répond-elle d'un ton neutre.

Petit silence, que je me sens obligée de meubler par politesse.

— Félicitations pour les fiançailles et cette nouvelle vie qui s'annonce.

— Merci beaucoup.

Elle me dévisage un peu trop longtemps.

— Bon, continue-t-elle, je ne m'attarde pas, je suis venue voir mon père.

— Oui, bien sûr, bonne journée.

— Bonne journée.

Elle disparaît entre les bureaux de l'open space. Les portes de l'ascenseur se referment.

Raphaël.

Comme je t'en veux. Je me retrouve obligée de croiser ta fiancée, de jouer les jeunes femmes bien élevées avec l'impression que chacun de mes mots est une insulte déguisée malgré moi. Si un jour elle l'apprend…

Non, cela n'arrivera pas. Cela appartient au passé.

En bas de l'immeuble, Sébastien m'attend de pied ferme. Romain nous retrouve quelques minutes plus tard. C'est drôle de les voir côte à côte, le premier débordant de confiance et de joie de vivre, le second dont la détresse est palpable. Singulier binôme. Nous marchons jusqu'au fast-food d'un pas pressé. Brusquement, Sébastien éclate de rire.

—Qu'est-ce qu'il y a ? demande Romain.

—Rien, un pote vient de m'envoyer un + 1.

—Un « + 1 » ? répété-je sans comprendre.

—Oui, on a un rituel : quand on conclut avec une fille, on s'envoie ce petit message pour indiquer que ça en fait une de plus au compteur.

—Élégant, commenté-je, amusée.

Romain pousse un soupir sonore.

—C'est méga irrespectueux, ton truc !

—Oh, ça va, fait Sébastien, c'est pour se marrer.

—Voilà pourquoi j'en ai marre : les meufs préfèrent les connards.

Sur ces mots, nous entrons dans le bâtiment et nous glissons dans la file d'attente. Une fois nos plateaux en main, nous nous asseyons sur une table à l'écart.

Je reprends la discussion où nous l'avions laissée :

—Donc, tu parviens à envoyer ce message sans te faire griller par la fille ?

—Bien sûr ! Mais attention, choper, c'est-à-dire juste embrasser, ça ne compte pas. On parle de cartouches, là.

—Ah, oui, ton langage d'école de commerce...

—C'est quoi, les cartouches ? demande Romain.

—Cartoucher, c'est avoir dormi au chaud, quoi.

Romain sirote bruyamment son Coca-Cola, la mine sombre.

—Tu me mets dans la boucle ? demandé-je. Je suis curieuse.

Sébastien me considère avec surprise, croque dans son hamburger débordant de sauce, puis hoche la tête en signe d'acceptation.

— Mais t'es dégueulasse, Alice ! s'insurge Romain.

Son expression profondément choquée me fait soudain éclater de rire. Un rire qui chasse les images douloureuses de la veille, qui remet les choses à leur place. Cela me rappelle ce que m'a dit Shamin au mois de janvier : « Ce qui se passe maintenant, Alice, c'est important, mais, crois-moi, ce n'est pas si grave. »

— Tu veux piocher dans mes frites ? propose Sébastien.

Il me tend le sachet avec son éternel air malicieux. Ma main traverse le réseau de fils lumineux qui se tend entre nous trois et j'en prends quelques-unes.

Ce premier jour sans Raphaël n'est pas si apocalyptique, finalement.

Futur
18 mai 2012

Rappeler.

Ne pas rappeler.

Je ne devrais même pas me poser la question. Alors que j'avais réussi à tuer tout espoir que *quelque chose* se passe, le voici qui revient tel un boomerang. Peut-être s'agit-il d'une erreur, d'un appel involontaire ?

Il faut que je sache.

Lorsque je sors de Linker, mon index passe sur son nom. C'est plus fort que moi.

Raphaël Noiral.

Connexion en cours…

J'ignore s'il y a quoi que ce soit à reconnecter et si c'est une bonne idée. Le temps a passé, a effacé les effusions de sang. Le positif et le négatif ne s'annulent plus, ils s'attirent.

—Allô ?

Sa voix. Similaire et différente.

—Allô, Raphaël, c'est Alice. Tu as essayé de m'appeler hier ?

—Ah, oui ! Comment vas-tu, depuis le temps ?

—Très bien, et toi ?

Conversation cordiale, comme si rien n'avait eu lieu.

—Ça va. Pas mal de changements.

—Moi aussi.

—Ah ?

—Je vais quitter Linker.

—Oh, je vois. Tu trouveras certainement mieux ailleurs en termes de salaire…

L'argent n'est pas ma motivation première. Je ne peux plus vivre dans tes empreintes.

—Je suis à Paris en ce moment, reprend-il. Ça te dirait qu'on se voie ?

Sa silhouette apparaît dans mon esprit. La sensation de son corps collé au mien.

—Euh… Pourquoi pas ? Mais tu n'es pas censé être à Aix-en-Provence ?

—Je te raconterai tout ça.

Pas seule. C'est impossible. Tu vas encore sombrer.

— En tout cas, oui, ça peut être sympa, dis-je. Tu as recontacté Seb ?

— Non…

— Tu veux l'inviter aussi ? Comme au bon vieux temps !

— Oui, bien sûr, préviens-le. Tu es où, là ?

— Je sors du boulot.

— On se retrouve dans trente minutes ? Sur le parvis de Notre-Dame ?

— Très bien.

— À tout à l'heure.

— À tout à l'heure.

Je raccroche et envoie un message à Sébastien dans la foulée. Réponse :

OK. Ben dis donc, quand il réapparaît, il ne fait pas semblant. J'ai encore du taf, je vous rejoins ASAP.

Quelques stations de métro plus tard, je me retrouve assise sur le rebord d'un parterre de buissons, l'œil rivé sur les trois arcades de pierre cernées de sculptures. Il fait encore chaud, je retire mon gilet, étends mes jambes au soleil. Le roman que je lis est ma barrière contre le monde. Il faut que je plonge ailleurs, que je me coupe de tout, pour garder mon sang-froid. Aujourd'hui est un jour à marquer d'une pierre blanche. Les retrouvailles. Mieux encore, les adieux à rebours. Pas besoin d'absorber une nouvelle gorgée de poison pour me rappeler à quel point Raphaël est toxique. L'enjeu, c'est de faire la paix avec cette histoire, pas de me consumer une nouvelle fois.

— Alice ?

Je referme lentement mon livre. Il est là, le sourire aux lèvres, l'air conquérant dans sa veste noire cintrée. Le bleu rencontre le bleu. Les braises flamboient déjà. Le lien entre nous pulse de lumière.

— Salut.

— Salut.

— Sébastien m'a dit qu'il aurait un peu de retard. Tu veux aller où ?

Il s'assied à côté de moi, contemple lui aussi l'imposant monument.

— On est bien ici, non ?

Nous nous observons à la dérobée. Gêne. Autour de nous, c'est le brouhaha des conversations, les touristes qui photographient tout ce qu'ils croisent.

— Je ne suis plus avec Laëtitia, dit-il de but en blanc.

— J'avais oublié à quel point tu pouvais être direct…

— Je ne vais pas me marier. Je ne peux pas.

J'acquiesce, songeuse. Finalement, il ne sera pas monté dans ce train, alors.

— Sonia t'a fait changer d'avis, c'est ça ? fais-je, moqueuse.

Il a un léger mouvement de recul.

— Quoi, Sonia ?

— Tu sais bien, la fille que tu as embrassée à ton pot de départ.

J'essaie d'avoir l'air le plus détaché possible.

— Tu parles, c'est elle qui m'a embrassé, je me suis laissé faire deux secondes. C'était facile, tellement facile…

— Tu voulais déjà mettre fin à ta relation, inconsciemment, pour prendre autant de risques stupides.

— J'ai un peu craqué, c'est vrai. Tu m'en veux ?

— Je n'ai aucune raison de t'en vouloir.

Je lui décoche mon regard le plus impérieux, celui de la femme drapée dans son orgueil.

— C'est fou comme on peut se complaire dans des situations malsaines, poursuit-il. C'est fascinant, même. Le syndrome de Stockholm.

— Tu parles de quoi ?

— Les Reuilly et moi. Mon incapacité à sortir du clan, même si ça me bouffait.

J'en connais une autre, en plein syndrome de Stockholm.

— La rupture est officielle ?

— Un peu, ouais. C'est le drame familial. L'enfant chérie est brisée.

— Elle s'en remettra, va, elle est calibrée pour.

— Son mot va changer.

Sébastien arrive de son pas guilleret, un sac plastique à la main. Raphaël se lève, ils échangent une vigoureuse poignée de main, puis une embrassade.

— Comment tu vas ? s'enquit Raphaël.

— Très bien ! J'ai fait quelques petites courses, ça vous dit de vous poser sur les quais ?

— Parfait ! m'exclamé-je.

Nous traversons la route, descendons les marches et nous asseyons au bord de la Seine. Des bateaux-mouches passent, avec à leur bord une horde de passagers faisant de grands gestes dans notre direction.

— Ah, les touristes..., soupire Sébastien. Au secours !

Il extirpe de son sac un pack de bières, des chips et des cookies.

— Tu as vraiment pensé à tout, dis-je, surprise.

— Ça fait tellement plaisir de vous revoir tous les deux ! D'ailleurs, j'ai un secret à vous confier…

Raphaël et moi échangeons une moue complice.

— Je suis amoureux, annonce-t-il.

— Tu es toujours amoureux ! répliqué-je.

— C'est vrai. J'ai rencontré une fille au gala de mon école, ce week-end. Une petite brune pleine de vie, avec un cul de carte postale !

— Tu dis ça, mais tu n'as pas vu celui d'Alice…

Je foudroie mon ancien manager du regard. Le feu me monte aux joues. Il lève les mains en gage de paix, me décapsule une bière et me la tend. Sébastien nous observe, malicieux.

— L'amour, les enfants. L'amour… C'est ce qu'il y a de plus important.

— Tu es surexcité, constaté-je.

— C'est le printemps. On est bien, ici !

L'eau est verdâtre, mais agitée de reflets éclatants. Au-dessus de nos têtes se trouve le pont des Arts, à la grille surchargée de cadenas accrochés par les couples. Les cloches de Notre-Dame de Paris résonnent.

— Seb, je ne vais pas me marier, lâche Raphaël.

— Ah. Bon. Eh bien, c'est plutôt une bonne nouvelle. Tu es jeune, joli garçon, tu as la vie devant toi.

— Ouais. Sûrement.

Nous trinquons tous les trois. La bière pétille sur ma langue. Ce moment plein de simplicité me nettoie de toutes les rancœurs. Je prends une profonde inspiration. Tout va bien. Nous parlons, mangeons et discutons jusqu'à la tombée de la nuit. La ville se pare d'une nuée d'étincelles, celles qui chassent les astres.

— Bon, fait Sébastien, je vais devoir filer. J'ai une soirée chez mon pote Antoine.

Il se redresse, mais aucun ne suit le mouvement.

— Vous restez là, vous ?

— Oui, dit Raphaël.

— Je vous laisse la bouffe. Soyez sages, mais pas trop. Ça m'a fait plaisir de te revoir, Raph.

— Moi aussi, amuse-toi bien !

— Bonne soirée.

Il part en se retournant plusieurs fois, comme pour vérifier quelque chose qui m'échappe. Un groupe de musiciens se met à jouer des percussions, un saxophone se joint à eux. La température commence à baisser. Je jette un gilet sur mes épaules.

— Tu as froid ?

— Ça va…

— Vous m'avez manqué, Seb et toi.

— Tu n'as pas donné de nouvelles pour autant.

— Je sais, c'est dur à suivre, je me mets en mode rattrapage du temps perdu. J'ai été con. Endoctriné, un peu aussi. Je ne vais pas cracher sur le passé, je n'ai pas envie de devenir amer. En quelques mois, j'ai pris conscience de l'étendue des dégâts. Mon côté économiste te dira que c'est le changement temporel qui permet ça, les chocs de court terme débouchent sur l'équilibre de long terme.

Je hausse les sourcils, ne saisissant pas une bribe de son obscure théorie de marché.

— Je me comprends.

— C'est l'essentiel.

Je bois une nouvelle gorgée, accompagnée d'un biscuit.

— Tu m'en veux ?

— Pourquoi je t'en voudrais ?

— De « Je dors avec ma collègue, on se confie nos pouvoirs, on part à l'autre bout de la France, on couche ensemble et je me braque » ?

Quelle belle synthèse. Je contemple la Seine devenue noir et or.

— Il faut savoir passer outre. Le contexte était compliqué. Je ne sais pas si je te pardonne, mais j'ai beaucoup appris avec toi.

— Qu'est-ce que tu as appris ?

— À sortir des schémas, je crois. À aller au-delà du noir et du blanc. À saisir toutes les nuances de gris, mais aussi à comprendre qu'il ne sert à rien de rester dans des situations inextricables.

— C'est plein de sagesse.

Il glisse un bras autour de mes épaules.

Fais-toi violence, Alice. N'oublie pas que aussi délicieuse que soit la gorgée, cela reste du poison. Je me dégage avec douceur.

— Je vais rentrer, dis-je. Il commence vraiment à faire froid.

— J'imagine que proposer de te réchauffer sera considéré comme une tentative graveleuse ?

— Tout à fait.

Nous nous sourions.

Nous nous engouffrons dans le métro.
Nous nous arrêtons à l'intersection de deux lignes.
Et prenons des directions différentes.

Chapitre 17

Fils d'actualité

Présent
30 mai 2012

Je mets ma plante dans un grand sac, avec tous mes dossiers, livres, crayons et autres fournitures accumulées depuis décembre. Mon bureau est vide. Il va falloir porter tout ce bric-à-brac dans le métro, j'aurais mieux fait d'anticiper.

— Mademoiselle Duval ?

Je me retourne. M. Reuilly me fait face, les bras croisés mais l'expression avenante. Tous les regards sont braqués sur nous.

— Oui ?

— Je souhaiterais m'entretenir cinq minutes avec vous avant votre départ.

— Bien sûr.

Je le suis jusqu'à une salle de réunion adjacente. Jamais je n'ai vu un P-DG parler à un employé avant son départ. Courage. Ce sont mes dernières heures ici. Je peux affronter le chef du clan.

— Tout d'abord, je tiens à vous remercier personnellement pour ce que vous avez pu apporter à Linker.

— C'est très aimable de votre part.

— Comme vous vous en doutez, ce n'est pas la seule raison de cet entretien.

D'abord les sous-entendus de Christine. À présent, l'heure de vérité avec M. Reuilly. Leur communauté m'apparaît dans toute son envergure.

— Je n'irai pas par quatre chemins. Vous avez travaillé en direct avec Raphaël.

— C'est exact.

— Quoi qu'il ait pu se passer, sachez que je n'ai aucun grief contre vous. Vous semblez être une jeune femme saine et équilibrée, vous avez le sens de la mesure.

— Je ne vous suis pas…

Il pousse un profond soupir, qui semble venir des tréfonds de son âme.

— Le mariage entre ma fille et Raphaël n'aura pas lieu. Il a tout annulé.

— Je suis navrée de l'apprendre, dis-je avec froideur.

— Je sais que je vous entraîne sur un terrain personnel, mais cette discussion restera entre nous. Nous avons du mal à comprendre ce qui s'est passé. Vous qui l'avez côtoyé, vous auriez une idée ?

Ils ont lancé leur chasse à l'ennemi, au criminel. La famille défend l'un de ses membres, cherche des explications jusque dans l'entreprise familiale. Cela devait être tellement simple pour eux de faire entrer Raphaël entre ses murs, une bonne façon de le garder sous leur emprise. Il est sûrement impérieux et manipulateur, mais je ne le leur jetterai pas en pâture.

Les Reuilly sont encore plus fous que lui. Malsains.

Et j'ai le syndrome de Stockholm.

— Comme vous le dites, vous vous aventurez sur un terrain qui n'est pas du ressort de Linker.

Il se renfonce dans son siège. Une colère s'éveille en moi, une de ces colères glaciales rares, mais souvent terribles.

— Permettez-moi de vous dire que je trouve votre méthode basse. Cette histoire est celle de votre fille et de Raphaël, elle ne concerne personne d'autre qu'eux deux. Vous n'aurez aucune clé de compréhension par des intermédiaires. Donnez une chance à Laëtitia d'être adulte, de gérer elle-même cette épreuve. Je ne pensais pas apprendre à quelqu'un de votre étoffe que l'existence est faite de chutes et de rechutes, et qu'arrive forcément le moment où il faut se relever seul. Maintenant, si vous voulez bien m'excuser…

M. Reuilly reste muet. Je quitte la pièce sans rien ajouter. Il me dévisage derrière la vitre, avec un mélange de stupéfaction et d'incompréhension.

Peu importe.

J'en ai fini avec cet endroit.

— Tout va bien ? demande Shamin.

Je ferme mon sac.

— Oui. Tout va très bien.

Elle jette un coup d'œil inquiet en direction de la salle de réunion où se trouve encore le P-DG.

— Bon, dis-je, vous me rejoignez au bar ?

— Tu as bien mis l'adresse dans ton e-mail de départ ?

— Oui, c'est un peu loin d'ici, mais ça changera.

Elle m'adresse un clin d'œil complice. Je hisse mon sac chargé d'affaires sur l'épaule et balaie du regard le vaste open space. J'ai du mal à me dire que c'est la dernière fois que je vois tous ces bureaux. Je réaliserai très certainement demain, lorsque mon réveil ne sonnera pas, et il y a des chances que ces adieux ne me paraissent pas si difficiles.

Je quitte le bâtiment d'un pas décidé.

À mon tour de jouer le jeu du traditionnel pot de départ. Pour cette occasion, j'ai choisi un endroit symbolique, comme pour occuper cet espace d'une autre façon, pour fermer un cycle.

Après une demi-heure de métro, je pousse la porte vitrée et troque la lumière du jour contre une atmosphère en clair-obscur. Aussitôt, l'un des fils devant moi scintille. Je contourne les petites tables en bois et m'avance vers le comptoir, derrière lequel Morgan astique des verres à cocktail.

— Ponctuelle, note-t-il.

— Merci d'avoir accepté de nous privatiser un espace.

— Tu vas nous faire faire du chiffre, j'en suis sûr.

Il pose devant moi un bol d'olives dans lequel je m'empresse de piocher.

— Et dire que je vais rencontrer tes collègues, reprend-il. Collègues.

On dirait que prononcer ce mot lui écorche la bouche.

— Un problème ? demandé-je.

— Quand je t'ai connue, tu me parlais de tes devoirs et de tes profs. Ça fait bizarre.

— Tout change, pas vrai ?

Il approuve d'un hochement de tête, ses longues mains habiles poursuivant leur labeur.

— Tout change, sauf moi. Je suis toujours dans ce bar.

Soudain, la porte s'ouvre et des éclats de voix résonnent dans la salle. Sébastien, Romain et Sonia s'avancent. Je dévisage cette dernière. Que fait-elle ici ? J'avais « accidentellement » oublié de la mettre dans la boucle d'e-mails pour ce soir.

— C'est pas mal, ici, commente Romain. Au fait, tu avais zappé de prévenir Sonia, je m'en suis occupé.

— Salut ! lance-t-elle d'un ton enjoué.

— Super, bon, ça vous dit de rester au comptoir ? Je vous présente Morgan, notre serveur personnel pour ce soir.

— Oh, j'aime ça ! s'exclame Sébastien en se hissant sur un tabouret.

En quelques minutes, chacun se retrouve un verre à la main. Une chanson s'élève des enceintes au-dessus de nos têtes.

— Je viens de la mettre car elle me fait penser à toi, me murmure Morgan.

Je prends une gorgée de bière tout en écoutant les paroles. Je reconnais la voix de Lana Del Rey, le phénomène de l'année.

This is what makes us girls
We all look for heaven and we put our love first
Somethin' that we'd die for, it's our curse
Don't cry about it, don't cry about it
This is what makes us girls
We don't stick together 'cause we put our love first
Don't cry about him, don't cry about him
It's all gonna happen

Quelques minutes plus tard, Shamin arrive en compagnie d'une horde de stagiaires, certains que je connais, d'autres pas. Dans les effusions générales, Sonia vient s'asseoir à côté de moi.

— Ça va ? J'ai l'impression que ça fait une éternité qu'on ne s'est pas parlé !

— Ah, oui, j'avais vraiment beaucoup de choses à boucler avant de partir.

Elle arbore un rouge à lèvres fuchsia plutôt outrageux et sa nouvelle coupe – un carré plongeant – rend son visage plus anguleux encore que d'habitude. Je contemple pensivement sa couleur, qui flirte avec le blond platine. Cela me rappelle la période où je changeais sans cesse la mienne.

— Alors, poursuit Sonia, pas trop triste de partir ?

— Franchement, non. C'est un nouveau départ.

— Je te comprends, j'aurais voulu me barrer aussi, mais ça fait un an que j'attendais un CDI, et ça y est, je l'ai eu.

Je fixe sans la voir la robe brune de la bière pour laisser le silence s'installer. Elle ajoute :

— Et sinon, tu as des nouvelles de Raphaël ?

Sujet brûlant.

— Pourquoi est-ce que j'en aurais ?

— Ben, je sais pas, j'ai entendu pas mal de trucs, comme quoi vous auriez été proches, tout ça…

Je ne réponds rien. Même plus envie de me défendre.

— Tu sais, dit-elle, c'est pas très grave. Toi, au moins, les gens te respectent, ils ne disent pas derrière ton dos que tu es la pute de la boîte.

Je tourne vivement la tête, choquée par ses propos.

— Ça va, c'est ma faute, je sais ce que je ne dois pas faire, et je le fais quand même. C'est plus fort que moi.

Je repense à son mot. « Excès ». Raphaël a dit lui-même que les moteurs des individus fluctuent. Brusquement, toute colère envers Sonia s'évanouit, remplacée par une pitié diffuse. J'espère qu'elle saura changer le curseur de sa vie.

— Alice ! appelle Sébastien. Viens par là !

Je le retrouve à quelques mètres, en compagnie de Romain qui a déjà un shot vide entre les doigts.

— Dis au petit que Pauline est à fond sur lui.

— D'accord. Romain, Pauline est à fond sur toi.

— Vous croyez vraiment ? demande-t-il, plein d'espoir.

Je le prends par les épaules, solennelle.

— J'en suis sûre et certaine. Fais confiance à mon sixième sens.

Il nous abandonne aussitôt pour rejoindre sa nouvelle cible de la soirée. Sébastien et moi trinquons.

— OK, dit-il, si Romain arrive à choper ce soir, j'espère qu'il m'enverra un « + 1 ».

— À mon avis, il aura d'autres chats à fouetter.

— En tout cas, je suis déçu, car ni Raph ni toi ne m'en avez jamais envoyé.

Je lui lance un regard mi-exaspéré, mi-amusé.

— Je t'avais dit qu'il reviendrait, insiste-t-il. L'amour, Alice, l'amour…

— Tu sais quoi ? Je ne sais pas combien de mojitos Shamin a déjà bus, mais elle est en train de danser. On y va ?

— Bonne idée, comme ça, on pourra espionner Romain.

Je traverse la toile de rayons lumineux et rejoins mes amis.

Le bar maudit de mon adolescence n'existe plus, balayé par les rires.

Futur
10 juin 2012

— On part plutôt sur un blond cendré ou un blond doré ?

— Doré, ça a l'air plus joyeux.

— C'est parti.

La coiffeuse commence son travail en fredonnant. J'ai décidé d'écouter l'ostéopathe de Shamin : faire correspondre l'extérieur et l'intérieur, même dans les éléments les plus superficiels. Nouvelle période, nouvelle couleur. La noirceur s'en va, la lumière arrive.

Je m'empare de mon smartphone pour éviter les discussions sur la météo. J'ai fini par écouter les conseils de Sébastien et me suis inscrite sur Facebook.

Demandes d'ajouts à la liste d'amis :
Sonia Moison
Raphaël Noiral

J'ignore la requête de Sonia et accepte celle de Raphaël. Aussitôt, je clique sur son nom pour accéder à son profil virtuel. Évidemment, sa photo en noir et blanc lance un regard de braise à la personne de l'autre côté de l'écran.

Chargé de recrutement à Banque Privée.
Célibataire

Ah, apparemment, il a trouvé un nouveau poste. Le chômage n'aura pas duré trop longtemps pour lui. Je descends plus bas sur sa page et découvre ses interactions récentes.

***Raphaël Noiral** est désormais ami avec **Alexandra Boirin**, **Maëlle Eric**, **Émilie Sella**, **Eva Colin**, **Célia Ducrême** et **Alice Duval**.*

Je lève les yeux au ciel, presque plus divertie que jalouse. Le parfait profil du chasseur. Chasseur que je laisse volontiers en liberté.

Chapitre 18

Sérénité

Présent
31 mai 2012

Le Velux offre un pan de ciel d'un bleu éclatant. Une migraine me vrille le crâne. Voici le résultat de mélanges peu probants, tels que vin, bière et vodka. La soirée d'hier me revient par bribes. Un petit discours sur un tabouret haut qui m'a mis les larmes aux yeux. Romain et Pauline qui dansent ensemble. Des échanges musclés entre Shamin et Sébastien sur la politique de Linker. Le bar qui se transforme en piste de danse après minuit, avec ses éclairages rouges et verts et ses inondations de fumée.

Ce pot de départ aura été bien plus festif que le précédent.

12 h 32. Une grasse matinée bien méritée. Une douche, un masque pour la peau, et me voilà comme neuve. Tandis que je vide mon paquet de céréales, mon portable vibre.

Raphaël.

Hello, Alice, ça va? Ça te dirait qu'on se voie ce soir? Je t'embrasse.

Je t'embrasse. Je ne pense pas, non. Aucune mention de Sébastien, ce qui induit un tête-à-tête. La dernière fois, j'ai fait preuve d'une grande force, malgré la tentation de me retrouver dans ses bras. Pourrais-je tenir de nouveau ? Autre message. Lui ? Non, Shamin.

Flash spécial. Romain n'est plus célibataire.

J'éclate de rire. En voilà un qui doit être aux anges. Je savais bien qu'il y avait du rapprochement dans l'air avec la stagiaire. Qu'il reste ou non chez Linker, il aura trouvé ce qu'il cherchait.

L'après. J'y suis. J'ai quitté cet emploi sans savoir quoi faire par la suite. Il me reste de quoi subvenir à mes besoins quelques mois encore, mais pas davantage. Pourtant, je n'ai pas peur. Un vent de liberté souffle dans l'appartement. Je ne resterai pas à Paris. Il est temps de briser mon cocon, d'aller voir ailleurs, de me gorger de soleil. Marseille ? Non, les habitudes sont parfois les pires prisons. Il y a tant de pays à visiter, explorer. Une fois que l'on s'est affranchi de ses repères, de ses angoisses, alors on peut discerner tous les possibles.

Hello, Raph. Ça va et toi? OK pour ce soir, où et quand?

Ce sera la cérémonie des adieux. La véritable. Après avoir brisé le silence qui m'a si longtemps tuée.

Cette fois-ci, nous nous retrouvons place de la Bastille. Lorsque j'arrive, il est déjà là, adossé à une cabine téléphonique et fumant une cigarette. Toujours ce même profil conquérant, ce teint cuivré. Pourtant, ses traits paraissent marqués.

— Ça va bien ? m'assuré-je.

— Oui. Non. J'ai eu un accident de scooter hier, en ramenant une amie.

Je tique autant sur « accident » que sur « amie ».

— Quoi ?

— J'ai passé la nuit aux urgences, je ne t'explique même pas le stress. Mais elle est indemne, et moi aussi.

— D'accord…

— Du coup, je n'ai pas beaucoup dormi.

— Et tu me proposes qu'on se voie ?

— Oui.

Irrécupérable. Nous nous installons à la terrasse d'une brasserie.

— Alors ? demandé-je, faussement décontractée. Tu as quelque chose à me dire ?

— Hum. Non, rien de spécial. Simplement, je vais rester à Paris, c'est sûr. Je me suis dit que c'était l'occasion de repartir à zéro. De reprendre contact.

Je sirote pensivement mon jus de fruit.

— Ah, ajoute-t-il. Demain, c'est mon anniversaire. Vingt-sept ans, déjà.

— Qu'est-ce que tu vas faire ?

— Un repas en famille, tout ce qu'il y a de plus classique.

J'observe les fils qui partent de sa poitrine en me demandant à qui ils se raccrochent. Il n'avait pas l'air d'avoir beaucoup d'autres fréquentations que les Reuilly. Y a-t-il d'autres femmes ? Je n'ai pas besoin de le savoir, de toute façon.

— Tu sais, continue-t-il, tu es vraiment l'une des personnes qui m'ont le plus marqué.

— Tu m'étonnes, plaisanté-je. On ne rencontre pas tous les jours quelqu'un qui prétend voir l'invisible.

— C'est sûr. Quelqu'un de différent, mais qui peut comprendre ce qu'on ne confiera jamais, même à des gens très proches.

Je fixe ses lèvres pleines, celles qui allaient si bien avec les miennes. La sensualité couve encore, ne demande qu'à s'exprimer. Normalement, la consommation aurait dû faire s'éteindre la tension, mais au contraire, à croire que le passage à l'acte nous a activés l'un et l'autre.

— Je me demande pourquoi nous sommes capables de nous voir, maintenant, dis-je.

— Parce qu'on s'est mêlés, ou un truc du genre.

— Tu penses ? Je n'arrive pas à saisir la logique.

— Sûrement un rapport avec les atomes. J'ai lu un article sur l'intrication. Dans le monde quantique, une fois que deux choses sont entrées en relation, elles savent toujours ce qui arrive à l'autre. Même quand elles sont très éloignées, elles se comportent comme si elles étaient rassemblées.

— D'où tu sors ça ?

— Eh bien, je me suis documenté. Si deux particules entrent en contact, puis que tu les éloignes l'une de l'autre, elles continuent à s'envoyer des messages. Quand deux électrons se sont enchevêtrés, même s'ils sont, imaginons, d'un bout à l'autre de la galaxie, si tu donnes un petit coup à l'un, l'autre sursautera. Fascinant, non ?

— L'enchevêtrement, une science véritable. Peut-être que c'est ce que je suis capable de discerner. Le dialogue entre les particules.

— C'est une piste que je trouve intéressante.

Il ravive notre relation privilégiée, le partage de l'extraordinaire. Je m'imagine soudain abandonnée à lui, les plaisirs du quotidien, le tandem que nous formerions tous les deux, les décortiqueurs de gens.

La lucidité reprend le dessus. Raphaël reste un séducteur, un de ceux qui veulent absolument tout, qui ne tiennent dans aucun flacon. Sa substance va toujours chercher un nouveau contenant. Il vous saisit, vous possède, vous use. Quand la chandelle a brûlé, qu'il ne reste que la cire, alors il s'en ira en allumer une autre. C'est le propre de l'amour, mais, avec ce type d'homme, le cycle est accéléré de façon phénoménale. La puissance rend l'impact final terrible à encaisser. Une passade avec lui est déjà bien trop. Trop intense, trop passionnelle, trop tout. Sans doute suis-je pareille, avide de l'histoire qui dévaste mon monde intérieur, qui explose la banalité. Il doit exister un équilibre entre le destructeur et l'ennui. Je veux y croire.

— Tu te souviens, dit-il, chez toi, contre l'armoire ?

— Non, je ne vois pas de quoi tu parles…

— Arrête !

— C'était mémorable, tu crois ?

— Ça en avait l'air.

Je joue avec la salière, nerveuse.

— C'était dingue, tout ça, soupire-t-il. Mais je ne regrette pas.

L'heure tourne. Chaque minute me rapproche du précipice. Nous discutons, ressassons, comme si nous revivions les événements en évoquant ces souvenirs. La lune accroche le firmament.

— Il est tard, dis-je. J'y vais, il ne faudrait pas rater le dernier métro.

— OK. Je te raccompagne jusque chez toi.

— Ce n'est pas nécessaire, je suis une grande fille.

— Galanterie oblige.

Autant le laisser me suivre. C'est à moi de mettre le point final, le moment venu.

Nous montons dans une rame presque vide, nous asseyons face à face. Il consulte son téléphone portable.

— Il est minuit, fait-il brusquement.

— Joyeux anniversaire !

— Tu as un cadeau à m'offrir, non ?

— Je n'avais pas prévu.

— Pas besoin de prévoir.

Il s'avance, passe sa main derrière ma nuque, approche son visage. Front contre front. Je prends appui sur son épaule pour le repousser. Ma fermeté l'étonne.

— Je ne peux pas. Tout est déjà cassé. J'ai été *l'autre*, tu m'as abandonnée à ma souffrance, trop occupé à te débattre avec la tienne.

— Merveille…

Il n'y a ni énervement ni rancœur dans mon ton. Il le perçoit.

— C'est important, fais-je, mais ce n'est pas si grave. Tu vas avancer dans ta direction, tu vas te trouver, prendre un chemin de traverse.

— Tu ne veux plus qu'on se parle ? Et notre quête ? L'idée de découvrir d'où viennent nos pouvoirs ?

— Ça n'a plus d'importance. Je ne veux plus me servir de mon don. Je le prends en compte quand cela peut apporter quelque chose de positif dans la vie des gens, le reste du temps, j'essaie d'en faire abstraction.

Ces paroles enfin sorties sont salvatrices. Pourtant, même si elles sont censées couper, mettre de la distance, le rayon lumineux entre nous garde son intensité. J'imagine que je ne peux rien changer à l'intrication atomique.

Raphaël me dévisage, ses iris bleus pétillent comme jamais.

— Il a changé.

— Quoi ?

— Ton mot.

— Ah oui ?

Il repousse une mèche de mes cheveux.

— Ce n'est plus « vérité ».

— Qu'est-ce que c'est ?

— « Sérénité ».

L'émotion me gagne, une joie indicible, teintée de soulagement. Ce soir, ce qui compte, ce n'est pas ce que j'ai, mais ce à quoi j'ai renoncé. Avec Raphaël, perdre, c'est gagner. Pour brûler encore, il faut que je me recharge, avant de n'être plus que cendres et amertume.

— C'est mon arrêt, dis-je. Je peux terminer la route toute seule.

— Ça ira ? Tu es sûre ?

Je me lève, hisse mon sac sur mon épaule.

— Oui. Ça ira.

Je quitte la rame sans me retourner. L'espace d'un instant, j'espère qu'il va me suivre, me rattraper, m'embrasser.

Mais rien ne se produit.

Alors je souris. Car c'est mieux ainsi. Une sensation me revient, celle de ses lèvres sur mon front, juste après l'amour. Ce long baiser à la tendresse infinie.

Ce souvenir gomme tout le reste. Je le décroche de la bibliothèque de ma mémoire et le presse contre mon cœur.

Et cela suffit.

J'émerge de la bouche de métro. Il pleut à torrents, un de ces orages d'été qui saturent l'air d'humidité, qui achèvent la lourdeur ambiante. J'hésite. Évidemment, je n'ai pas de parapluie. Tant pis. En quelques secondes, me voilà trempée. Je savoure l'eau qui ruisselle le long de mon visage, sur mes mains, et avance d'un pas déterminé.

Instant de grâce.

Le ciel pleure sur moi.

Brusquement, je ne suis rien. Je suis tout.

Mais je suis là où je dois être, très exactement.

Futur
22 juin 2012

Amalfi. La mer translucide, qui brasille sous le soleil. Les sentiers tortueux défiant les lois de la gravité et conduisant à des maisons avec des terrasses aux vues imprenables. Sébastien et moi flânons dans une venelle pavée, au milieu de stands débordant de fruits, de légumes, de poissons et de charcuterie. Ce bain d'italien donne des accents de joie, de vitalité. Mon ancien collègue est parfaitement dans son élément, bien implanté dans une ville palpitant de bonne humeur.

— Cette semaine de vacances est une idée géniale ! s'exclame-t-il.

— Oui, et c'est la tienne, je sais !

Nous sommes partis avec quelques-uns de ses amis que j'avais rencontrés à sa fête du jour de l'an. Ils avaient besoin de vacances, moi de quitter Paris. Nous louons tous les cinq une maison nichée dans la montagne. Nous devions être six, mais la rupture entre Joséphine et Rémi a changé la donne. Ce dernier est néanmoins venu avec sa maîtresse devenue l'officielle, la fameuse Elsa. J'avais donc vu juste concernant la nature de leur relation. Tout fluctue.

Quand Sébastien a parlé d'inviter Raphaël pour occuper la place libérée, mon sourire crispé l'a immédiatement découragé. Une résolution est une résolution. Même s'il reste une connexion invisible entre nous, je dois garder mon nouveau mot. Ma sérénité.

— Ce soir, dit-il d'un ton pensif, je cuisinerais bien un risotto.

— Tu sais faire ça ? Il paraît que c'est très difficile.

Sébastien est plein de surprises : l'homme à femmes est aussi un ami dévoué, solide, attentionné et passionné de cuisine. Chaque soir, il nous régale d'un plat raffiné avant que nous allions danser jusqu'à épuisement.

— D'ailleurs, ajoute-t-il en tâtant des pêches, je ne t'ai pas dit, mais j'ai un secret à te confier.

— C'est bizarre, je crois que j'ai deviné…

— Je suis amoureux.

— De qui, cette fois ?

— Shamin.

Je lui fais les gros yeux.

— Je déconne. Elle est toujours avec son nouveau mec ?

— Oui, aux dernières nouvelles. Bon, qui est-ce, alors ?

— Sonia.

— Arrête…

— Je sais, pas crédible. J'ai le droit de tomber amoureux de toi ?

— Non.

— Ah oui, je suis dans ta *friend zone.*

— Exactement.

— Et mon pote Antoine, tu en penses quoi ?

— Seb…

— Ça va, j'essaie de panser ton petit cœur ruiné par Raphaël.

— Il ne m'a pas…

— Je suis sûr que tu as bien ruiné le sien, aussi, si ça peut te consoler. D'ailleurs, je lui ai dit que tu t'étais teinte en blonde, et il aimerait bien voir le résultat.

— Bon, prends des crevettes, pour le risotto.

Une fois les emplettes terminées, nous regagnons la voiture. Sébastien me fait quelques frayeurs au volant, mais nous atteignons finalement les hauteurs. Je range les courses dans le frigo. Mes épaules me cuisent désagréablement. Le coup de soleil d'hier ne s'atténue pas malgré la Biafine.

— Alice, sérieusement, je peux te dire un truc ? demande Sébastien.

— Vas-y toujours.

— Je suis vraiment content de passer ces vacances avec toi.

Il me regarde avec émotion, cerné par de nombreux fils de lumière. Chez lui, je sais que, s'ils sont forts, c'est qu'ils sont toujours de nature amicale. Les autres, ils ne les laissent pas s'implanter.

— Tu es très déclaratif comme garçon, tu sais ?

— Je suis content de voir que tu vas mieux. Tu sais, quoi que tu fasses, quoi que tu veuilles, tu y arriveras. J'en suis sûr.

Ses paroles sont un écho à celles de ma grand-mère. Une foi inébranlable en l'autre. L'amour pur.

— Merci, Seb.

— Tu ne sais toujours pas ce que tu vas faire ?

— Je vais partir.

— Partir où ?

— Faire quelque chose qui a du sens, je ne sais pas encore quoi. Un besoin d'émerveillement. Je suis fatiguée de brasser de l'air derrière un bureau. J'ai l'intuition que, quel que soit le chemin emprunté, je vais finir par trouver sans même avoir besoin de chercher.

— Trouver quoi ? L'homme de ta vie ?

— Non, pas du tout. Une réponse à une question muette.

Il hausse un sourcil plein d'incompréhension.

— Il n'y avait que Raph pour comprendre tes délires de l'existence.

— Lui avait la gravité, toi, tu as l'enthousiasme. Il faudrait un mélange des deux.

— Peut-être, mais je ne suis toujours pas tes raisonnements.

— Contente-toi de faire un bon risotto, alors.

— Ça, ça devrait être possible.

Sur la terrasse, Rémi et Elsa se prélassent dans la piscine. Leurs éclats de rire se mêlent au chant des oiseaux. Antoine est installé sous une tonnelle où se mêlent des citrons et des lampions rouges. La nuit, cet abri devient un havre de paix plein de magie, où nous jouons au tarot tous ensemble.

Je m'installe sur une chaise longue. Les frondaisons d'un pin me prodiguent de l'ombre. Chaque fois que l'une de mes histoires s'est achevée, je me suis repliée, enfermée dans l'idée de l'unique, rompue par la fusion. Aujourd'hui, j'embrasse les possibles qui se dessinent, mes élans vers autrui sont simples, naturels. Sans faim, sans nécessité.

Pleins de liberté.

Les autres me sauvent.

Par les morceaux de leurs existences saisis au vol, par ces fils qui se nouent et se dénouent.

Le multiple et l'unique.

Ces pensées me bercent. Le sommeil m'emporte.

Je m'éveille.

Flou.

Je cligne des yeux.

Ma vue revient brusquement. Le ciel est passé du bleu au mauve, avec des soupçons de vermeil entre les derniers nuages du crépuscule. Je me tourne vers la tonnelle. Antoine et Sébastien discutent tout bas. Les loupiottes se sont allumées.

Il y a ces points lumineux entre les feuilles.

Il y a les citrons.

Mais rien d'autre.

Pas de fils.

Je me relève d'un pas hésitant, m'avance jusqu'à eux.

Rien.

— Ça va ? s'assure Antoine.

— Oui, dis-je d'une voix blanche.

Je me tourne vers l'horizon. Des bâtisses blotties contre la falaise escarpée, des toits en contrebas, les premières étoiles qui pointent. Mais plus de toile.

Je vais à l'intérieur. Elsa est allongée sur le canapé, la tête sur les genoux de Rémi.

Il n'y a rien entre eux sinon du vide.

Je baisse les yeux sur ma poitrine. Passe ma main. Je ne les vois plus. Mes attaches ont disparu.

— Qu'est-ce qui t'arrive ? interroge Elsa.

— Je vais prendre l'air. Je reviens.

Je marche sans me retourner, claque la porte de la maison derrière moi. Quelques pas sur un chemin, puis je m'assieds sur un tronc d'arbre desséché. Un vent frais se lève.

Mon don a disparu.

Ce constat me traverse comme une évidence. Il m'a quittée aussi brusquement qu'il est venu. Mon compagnon, ma grille de lecture du monde. Un cadeau éphémère, venu d'une aide inconnue.

Car c'était une aide, comme une carte pour m'aider à naviguer dans la tempête des relations, comme une boussole qui indique la direction à suivre.

Qu'est-ce que cela signifie ?

Que je n'en ai plus besoin ?

Que je suis guérie ?

Peur. Angoisse.

Les deux ombres qui se dressent près de moi.

Je les repousse.

Je me relève toujours. Aussi durs que soient les coups, aussi amères que soient les déceptions... J'ai une boussole, là, contre mon cœur, qui m'inonde chaque jour de sérénité. Rien ne reste jamais noir trop longtemps.

Je grandis.

Et je souris.

Avec toute ma lumière.